一个人睡

徐玲 著

南京大学出版社

徐玲

　　我相信我的小说原本就存在，只是我不知道它们躲在哪里。它们存在于世界的某个角落，安静又调皮地注视着我，在对的时间、对的情绪里，迫不及待和我相遇，而后通过我，和你们相遇。

　　这些文字带着我指尖的暖意，带着我心头的爱和祈愿，排列组合，体体面面地站在这里，只为和你相遇。爱是人间永恒的主题，我们来到这个世界，就是为了感受爱、得到爱、付出爱，在爱与被爱中，在泪水与欢笑中，生命有了暖意、诗意和深意，成长路上，我们也就遇见了最好的自己。

图书在版编目(CIP)数据

一个人睡 / 徐玲著. — 南京：南京大学出版社，
2016.6
(徐玲"暖暖爱"系列小说)
ISBN 978-7-305-17117-8

Ⅰ. ①一… Ⅱ. ①徐… Ⅲ. ①短篇小说－小说
集－中国－当代 Ⅳ. ①I247.7

中国版本图书馆 CIP 数据核字(2016)第 134055 号

出版发行　南京大学出版社
社　　　址　南京市汉口路 22 号　　　　邮　编　210093
出 版 人　金鑫荣

丛 书 名　徐玲"暖暖爱"系列小说
书　　名　一个人睡
作　　者　徐　玲
责任编辑　还　星　　　　　　　　编辑热线　025-83686452

照　　排　南京南琳图文制作有限公司
印　　刷　南京大众新科技印刷有限公司
开　　本　880×1230　1/32　印张 4.5　字数　97 千
版　　次　2016 年 6 月第 1 版　2016 年 6 月第 1 次印刷
ISBN 978-7-305-17117-8
定　　价　22.00 元

网址：http://www.njupco.com
官方微博：http://weibo.com/njupco
官方微信号：njupress
销售咨询热线：(025) 83594756

目录

31天忽视被爱

我心痛得无法呼吸。

妈妈在卧室收拾行李的时候，我倚在门框上看她。

她把长袖衬衫和短袖 T 恤一件件铺在行李箱里，把衣服的边边角角折得平平整整。

自从几年前爸爸走后，妈妈就很少出差。她每天有规律地上下班、买菜做饭，把我调养得结结实实。事实上，我所在的学校是一所民办寄宿制初中，大部分同学都住校。升入初三，妈妈在学校附近租了两室一厅的公寓房，让我住了出来，为的是把我照顾得更好。

因此，我的夜宵比住校的同学好，我睡觉的床比他们大一倍，就连我睡梦中呼吸的空气都比他们新鲜六倍。

　　妈妈这么尽心地照顾我,我当然不忍心辜负她,把心思都放在学习上,成绩在班上算是拔尖的。

　　然而这次,她居然要去很远的地方,去很长的时间。

　　"你带这么多衣服干什么? 要到夏天才回来吗?"我问。

　　"可能吧。"妈妈转过脸对我笑,"不过我会尽早回来。"

　　"可是我快要中考了。这趟差,你非出不可吗?"

　　我不等她接话,就甩甩胳膊回到自己的房间,趴在书桌上生气。

　　天底下哪有这样的妈妈! 儿子快要中考了,她居然有心思跑到几千里外的地方出差,一走就是一个多月。

要是爸爸在就好了。他总是把我的事情放在第一位,把自己的事情放在第二位。

咳。

"聪聪,妈妈知道你要中考了。"

我用眼角的余光瞥见妈妈在我的床沿上坐下。

"但是,中考是你自己的事情,要靠你自己努力。妈妈有妈妈的事情。这次公司安排我去总公司参与新产品的研发,是对我的信任,也是我事业发展中的一次机遇,我怎么能轻易放弃呢?"

我扭扭屁股,转过头去,给她一个倔强的后脑勺。

"妈妈不在的日子里,姨妈每天晚上会来陪你,给你做夜宵,帮你洗衣服和打扫卫生,你的生活不会受到影响的。姨妈也非常爱你,会把你当亲生儿子一样疼……"

妈妈絮絮叨叨了半天。

我钻到被窝里睡着了。

星期天早上,妈妈把自己打扮得漂漂亮亮,提着大包、小包出门了。

我没有送她,而是躲在书房的窗帘后面看她从楼道口走出来,上了一辆枣红色的出租车。

车门"砰"地关起来的时候,电话铃响了。

我懒懒地瞟了一眼话机的显示屏,是姨妈。

"聪聪,你好吗?等会儿姨妈就过来陪你,你想吃什么?"

我揉揉鼻头:"随便。"

"你想吃冰激凌?那不行,会拉肚子的。你要是拉肚子,学习就会受影响。要是学习受了影响,你考重点高中的把握

就不大了。你如果考不上重点高中,怎么考得上重点大学?进不了重点大学,你找工作就困难重重……"

天!我才说了两个字,她就说了三分钟。接下去怎么相处?我还不被她唠叨得耳朵生茧?

为什么我周围的女人都那么爱说话?妈妈、姨妈、米班长、语文老师、英语老师……无一例外。

搁下电话,我没心思复习功课,跑去开电视机。

电视屏幕上,一对母子正深情拥抱,流动字幕写着"祝愿天下的母亲节日快乐……"

我恍然大悟:今天是母亲节!要不要给妈妈打个电话,说声"母亲节快乐"呢?但我转念一想,她正开开心心忙着换登机牌,等着上飞机呢。算了。

一个人在家也好,想看电视就看电视,想吃零食就吃零食,想发呆就发呆,想蹲在马桶上唱歌、想把脚搁在茶几上、想和同学打聊天电话……都可以。

这么想着,我感到一丝安慰。

我捞起遥控器,想把电视机的音量调得大一些,却摸到遥控器的背面粘着什么,翻转过来,发现是一张便利贴,上面写着:聪聪,备考期间,请远离电视。

我想笑,又想哭。

你自个儿跑去坐飞机、住宾馆,把我一个人留在家里,还想遥控指挥我?

我才不管呢!

我把音量调得很大,如和尚打坐般窝在沙发里,一边欣赏演唱会,一边啃牛肉、喝可乐。

这种大块的袋装五香牛肉非常好吃,平时妈妈不允许我把它当零食吃,她总是把它切得薄薄的,整整齐齐地码放在盘子里,要我把它当菜吃。

可是我觉得,把它当菜吃的味道不如抓在手上当零食吃的味道好。

吃饱喝足了,我在吵闹的歌声里睡去。

这些天复习功课,我睡得有点晚,睡眠严重不足。

我醒来的时候,是鼻子首先醒来,熟悉的鱼汤味儿挠得我的鼻孔发痒;于是我的眼睛醒来,看见自己斜躺在沙发上,身上盖着软软的薄被;紧接着我的耳朵醒来,听见厨房里的油烟机温柔地轰鸣;我的嘴巴跟着醒来——"姨妈你什么时候来的?"

她听不见。厨房的门是关着的。

我的身体不得不醒来,滑进厨房——姨妈正系着围裙围着灶台转,锅里翻腾着乳白色的鱼汤。

"聪聪醒了?要我说你什么好?你要中考了知道不知道?你居然有心思看电视,还把音量开那么大!更要命的是,你居然睡着了。你要是着凉感冒了,耽误考试怎么办……"

"又是鲫鱼汤。"我打断姨妈的长篇大论,"我每天喝妈妈做的鲫鱼汤,喝得怕了。拜托姨妈,可不可以给我做一回酸菜鱼?"

"酸菜鱼?"姨妈望着我,"酸菜鱼的营养价值怎么能比得过鲫鱼汤?你现在需要的是营养,有了足够的营养,才有充沛的精力复习迎考……"

我撇撇嘴,撤出厨房。

太阳落山后,我回到了学校,和往常一样参加晚自习。

同学们陆陆续续走进来。每个人每一刻都记着自己快要中考了。中考像一块巨石压在教室的屋顶上，压在每个人的心上。

阿凯进来的时候，他的肩膀晃动得厉害，嘴巴夸张地嚼着什么。

没等他坐下，米班长便如流水一般地冲过来："喂喂喂，晚自习不可以嚼口香糖，快吐出来……"

阿凯在我身边一屁股坐下，抬腕看看表，对米班长说："离晚自习的铃音响起还有大约 45 秒。"

"我要你现在就吐出来。"米班长一本正经道。

教室里的目光迅速扫过来，汇聚在阿凯薄薄的嘴唇上。

"吐哪儿呢？"阿凯坏坏地笑，"米班长，要不，麻烦你把手掌摊开。"

"呵呵哈……"全班一阵哄笑。

米班长气得跳脚："张凯，你等着，我找左老师去！"

话音刚落，上课铃音响了，"曹操"到了，并且径直朝这边走过来。

米班长赶紧嚷嚷："左老师啊，张凯吃口香糖，说了都不听……"

张凯歪歪嘴巴，冲左老师傻笑。

左老师从口袋里取出一包纸巾，用细长的手指从里面抽出一张，递给张凯："吐了。下不为例。"

她是著名的惜字如金的老师，给我们上数学课的时候，话也不多。但是，我们都很喜欢听她上课。在今天的校园，很难找到像她这样说话言简意赅的老师。

张凯并没有接过纸巾，而是张大嘴巴给左老师看，还把舌头伸出来、卷进去，咽着口水说："我压根儿就没吃口香糖。"

"我明明看见你的嘴巴一直在动。"米班长很不服气,"你一定是咽下去了。"

"我没事儿就喜欢动动嘴巴,你怎么可以看见我动嘴巴,就断定我嚼口香糖?"

"……"米班长气得胸脯发颤,"左老师……"

左老师笑笑,拍拍米班长的肩膀:"回座位吧。"

米班长在众目睽睽之下回到自己的座位,眼睛却一再朝阿凯的嘴唇看。

"你刚刚真没嚼口香糖?"我好奇极了。

"嚼了。"

"咽进去了?口香糖不可以咽进去。"

"出手快一点,苦头少一点。"阿凯摊开自己的手掌,一团黑黄色的小东西出现在他的掌心里。

我不得不佩服他的速度。

"嘿,下课后我带你去一个好地方。"阿凯揉捏着口香糖,小声对我说。

"你想逃睡?"我瞪圆眼睛,"你不怕宿舍管理员逮你去见校长?"

在我看来,晚自习后逃出去玩儿是罪该万死的。

"我已经住出去了,租房里只有我奶奶照顾我,她除了做家务,别的什么都不管。"阿凯两眼放光,"你的妈妈不是出差了吗?难得这么自由,不跟我去玩儿多可惜。"

"可是我的姨妈住在我家呢。"我说。

"她知道你几点下课吗?"

"知道。"

"你跟她说,临近中考,从今天开始,晚自习延长一个小时。"阿凯的脑筋转得很快。

"啊?"

"没问题的。"阿凯从裤兜里摸出三枚硬币,"老板我熟,这点钱,咱俩能玩儿一个小时。《成吉思汗》和《永恒之塔》都超好玩儿……"

我没心思做功课了,感觉自己的心跳得厉害,浑身血脉膨胀,额头沁出汗来……

"明天……吧。"我抹抹额头,"明天再说。"

"那好。说好了明天去哦。"阿凯说,"不能反悔。"

下课回到家,姨妈笑眯眯地给我端来鲫鱼汤。

我犹豫再三,鼓起勇气向她撒谎,说从明天开始,晚自习延长一个小时。

我说这话的时候,脸一定红极了。但善良的姨妈没有怀疑我。

在所有人的印象中,我是个不说谎、没有不良爱好的乖孩子。

然而这次,我终于允许自己"出轨"了。

我于是期待明天赶快到来。

老天可以作证,这是我第一次,下了百分之八十九的决心,在非正常时间段,和一个非优等生去赴一段神秘的网约。此前,阿凯好几次邀我去玩儿,我都没有去。这次,我们居然选择在黑夜行动,实在是太令人激动了。

然而,我的身体里有百分之十一的反对声,这些反对声还把妈妈的名字搬出来唬我,刺得我的头皮有些发麻。但是,百分之八十九战胜了百分之十一,我挺起胸膛,百分百地让自己豁出去。

昏黄的网吧里异常安静，每个人都专注地享受属于自己的刺激。

阿凯一边玩《成吉思汗》给我看，一边还啰啰嗦嗦地讲解。我发现他的精神比他之前上任何一堂课时都好，整个人神采飞扬，仿佛有使不完的劲儿。

我的悟性当然不在阿凯之下，一会儿就会玩了，惊得阿凯张大嘴巴："怎么可能？你怎么可能玩得比我还酷？"

我说："高智商的人，做什么都胜人一筹。"

"那今天咱俩就好好比比，究竟谁的智商更高！"

我将整个身心毫无保留地投进游戏里，绚丽的画面、热闹的音乐、紧张的节奏令我心潮澎湃。尽管我之前偶尔玩过电脑游戏，但那些都是被阿凯称为"小儿科"的小把戏。这一刻，我才发现，原来我的周围存在着一个多么神奇、多么美妙、多么引人入胜的游戏世界，这个世界将我深深吸引，让我自由驰骋，把烦恼、孤独、彷徨……统统淹没。

我和它有一种相见恨晚的感觉。

我被俘虏了。

整个一周，我每晚重复着相同的刺激，感受着放纵后的欢愉和充实。当然，我也会有淡淡的失落。那个遥远的百分之十一，再也没跳出来阻挠我。

一个星期，妈妈没往家里打一个电话。

姨妈对我的网游毫无察觉，她一心扑在鲫鱼汤上，完全不顾我已经作呕的表情。

我忍不住了："姨妈，求求你给我做一回酸菜鱼吧，哪怕只放二分之一袋的酸菜。"

"不行。酸菜鱼没有营养，鲫鱼汤才有营养……"

"那就放三分之一。"我退让道。

"十分之一也不行。你好好喝你的鲫鱼汤,中考完了我再给你做酸菜鱼,到时候把你的牙齿酸倒……"

我重重叹了口气,去看被冷落很久的电话机。

"妈妈一出差就忘了自己有个儿子。"

"不会不会。"姨妈安慰我,"她一定是太忙了。过两天她有空了,一准儿给你打电话。"

"她忙得连打电话的时间都没有?美国总统还有时间给儿子打电话呢!"

"你妈妈比总统忙多了。总统有那么多助手,你妈妈没有。"姨妈说,"你呀,好好读书,将来也做个大领导,事情都让助手干,你自己不就有空经常给家里打电话了?"

我把耳朵捂起来。

妈妈的忽视、姨妈的唠叨、中考的逼近,让我产生一种巨大的压力。我在网游中减压,很快变成了另一个聪聪。

为了讨钱进网吧,我甚至跟姨妈撒谎,说学校要交这样、那样的费用。

一晃到了6月,天气逐渐转热,午间,我更是能热出满背的汗来。

午休后,米班长过来敲我的课桌,神秘兮兮地说:"陈聪,左老师有请。"

"快去快去,左老师请喝下午茶哩。"阿凯推我的胳膊。

我问米班长:"会是什么事啊?"

"谁知道呢?但愿不是什么坏事吧。"她耸耸肩膀,"不过陈聪,你最近表现有些反常哦,好像心事重重,好像很兴奋,又好像很累。"

我的脸一阵发烫:"快中考了嘛。"

说完,我站起身,走出教室。

下午的第一节课是左老师的数学课,她应该不会耽误上课,所以她找我应该不会有多么复杂的事情。然而我相当担忧。毕竟,我有了不可告人的秘密。

我走进办公室的时候,里面只有左老师一个人。

"陈聪,看。"左老师把我新做的试卷摊开,"你犯的都是低级错误。"

我低下头去看。

可不是嘛,都是计算错误,不是运算符号搬错了,就是运算公式张冠李戴了。

"你的成绩一向拔尖,考重点高中胜算很大,但最近几次测试,你突然冒出不少小错误。你可不能因为这些小错误而给自己带来遗憾啊。"左老师柔声细语地说。

我抓抓头发,点点头。

"越是临近考试,越是要保持平和的心态,不能紧张,知道吗?"

"嗯。"我象征性地点点头。

走出办公室,我心里七上八下的,就担心左老师看出了些什么。她要是知道我晚自习结束后跑去玩游戏,非打电话给我的妈妈不可。我的妈妈要是知道这件事,一定会痛痛快快地把我教训一番,然后让姨妈把我看得比坐牢还紧。

到时候,我的网游只能中止。

后果不堪设想。

幸亏左老师什么都不知道。

晚上,我对阿凯说:"我们今天别去了吧。"

其实我说这话的时候语气并不坚定。

"为什么不去?"阿凯把脑袋支到我的肩膀上,"兄弟,你妈妈要是出差回来,你还有的玩儿吗?再说,咱们机子都订好了,那可是全网吧里最新的机子哟。"

"我觉得这几天脑子有点儿乱。"我说。

"所以你就更应该去散散心嘛,消除紧张的情绪。"阿凯竭力鼓动我,"你要是回去早了,你姨妈会觉得奇怪的。"

这倒也是。

我的意志根本就不够坚定。还是继续玩下去吧。

教室里的考试味儿越来越浓,公告栏的倒计时牌上挂着一个醒目的"9"字。

女生们忙着找人写同学录。

米班长跑过来找我:"给写几句吧。"

我翻开她那个花花绿绿的本子。

"别看别看。"米班长急了,摊开空白的一页,"你写你的。"

"我不写。"我潇洒地把手一挥,"没什么好写的。"

"怎么会没什么好写的呢?我们同窗三年,三年啦!"

"还没满。"我调侃道,"等满了三年,你再请我写吧。"

"你怎么这样!"米班长很没面子地走开。

阿凯竖过来一只大拇指:"对待女生就要这么酷。"

我耸耸肩膀。

在这之前,我对米班长是唯命是从的。

晚自习快结束的时候,左老师进来了。

她走到我的身边,轻声说:"结束后来一下我的办公室。"

没等我说什么,她就轻轻飘走了。

"什么事嘛。"我自言自语。

"能有什么天大的事儿?"阿凯抓住我的胳膊,"我在老地方等你,你麻利点儿。"

我踩着下课铃音去找左老师,心里感觉跟做贼似的。

"陈聪,我遇到麻烦事儿了。"她对我说。

"哦?"我有些紧张,"什么麻烦?"

"再过几天就要中考了。"左老师皱皱眉头,"你是知道的,咱们班李明月的数学是拐子科。有了拐子科,他中考的总分势必大受影响。过去的一个星期,我每天晚自习结束后帮助他复习半个小时的功课,可是从明天开始,我没空了。我的男朋友病了,我得照顾他。"

"你的意思是……"

"请你代替我帮助李明月复习数学,好吗?"左老师认真地望着我,"你是班上公认的数学尖子,是大伙儿学习的榜样。"

"我? 我……"我的嘴巴张张合合,说不出话。

"我知道,占用你晚上休息的时间对你是不公平的,但是我没有别的办法。况且,李明月真的很需要帮助。"

左老师看我在犹豫,补充道:"实在不行,那就算了吧。"

我抓抓头发:"我得跟妈妈商量商量。"

"那好吧。"左老师笑笑。

我走出办公室的时候太着急,撞到了人。我抬头一看,是李明月。

他抱着数学练习册,对我傻傻一笑。

我头一歪,走了。

外面下起了小雨,飘在胳膊上,冷飕飕的。

我冲进"老地方"的时候,阿凯已经玩得面颊通红,仿佛喝醉了酒。

"怎么到现在?"他看都没看我,"左老师找你什么事儿?"

"没什么。"

我熟练地进入游戏程序。

可是我专注不起来,感觉心里堵得慌。答应左老师吧,我就没时间出来玩儿了;不答应吧,好像又有点说不过去。

"哎呀,你今天怎么这么差劲?"阿凯把脑袋伸过来看我的屏幕,"加油!"

我叹了口气,暂时把心事忘记,钻进新鲜刺激的游戏里。

回到家,姨妈照例为我端上鲫鱼汤。

我抹抹嘴巴:"可不可以不喝?"

"不可以。"姨妈立场坚定。

"多喝汤夜里要起来小便的!"我说,"影响睡眠。"

"什么? 你夜里起来小便?"姨妈吓坏了,"你才喝这么一小碗汤,夜里就起来小便? 小小年纪,怎么会尿频? 天呐,难道你的肾脏出了问题……"

我"咕噜咕噜"把汤灌进肚子,对姨妈说:"骗你啦。睡去了。"

姨妈这才松了口气。

"对了,你妈妈刚才来电话了。"

"啊?"我吓了一跳,"她说什么? 说什么?"

"她算好时间打过来的,没想到你还没到家。"姨妈说,"我跟她说了,你现在晚自习延长一个小时,让她过一会儿打过来。"

没等我多想,电话铃就响了。

我硬着头皮抓起话筒:"妈妈。"

"谁是你妈妈? 阿聪,你拿我的白金刚了吗?"

是阿凯。

"你丢了手表？什么时候？在哪儿？"

"糟透了。我刚刚玩儿的时候把它摘下来搁在桌子上的，走的时候忘了拿。"阿凯飞快地说，"你知道不知道我的白金刚价值100美元？我不可以失去它！"

"那你去网吧找一下吧。"

"我也是这么想的。"

我刚放下听筒，电话又响了。

"你烦不烦啊？丢了就去找呗。不就是一只旧手表吗？"我絮絮叨叨。

"聪聪。"

天！是妈妈。

"噢——妈妈。"我吐吐舌头。

"怎么啦聪聪？发生了什么事？谁丢了手表？"妈妈的语气好温和，完全不像她在家时那般严厉。

"没什么没什么，没我的事儿。"我说，"我好着呢。"

"没什么就好。妈妈也好着呢。嗯，妈妈好想你。有没有什么话跟妈妈说？"

"没，没有。我还有一道化学难题没钻研透。"我打了个呵欠编了个瞎话，怕被妈妈问出破绽，赶紧说，"我挂了。"

"别睡得太晚。"妈妈说，"妈妈不在身边，你要对自己负责任，认真地管好自己，听见没？"

"知道了。"

我倒在床上，翻来覆去睡不着，脑子里杂七杂八的问题挺多。要不要答应左老师帮李明月复习功课呢？阿凯的手表能不能找到？妈妈究竟什么时候回来？明天我是否依然得喝卿鱼汤呢？中考的题目会不会太难？我一定能考上重点高中吧？

第二天，阿凯无精打采地对我说："白金刚真的失踪了。"

我安慰道："不要太难过。一只表而已。"

阿凯撇撇嘴，欲言又止。

"对了，我今晚上不跟你去玩儿了。"我说。

"又这么说。"

"这次我是下定决心的。"我说。

阿凯望着我，突然酸酸地笑："不愧是优等生。"

我没有告诉他自己晚自习后帮左老师忙的事。

李明月的数学其实差不到哪儿去，只是跟他的其他功课比，差了那么一点。左老师把办公室的钥匙给了我，我在里面给李明月做小老师。虽然这期间我走了好几次神，但总算顺利地给他辅导完了两道难题。

走在回家的路上，我生出一种久违的幸福感，觉得用玩游戏的时间来帮助左老师、帮助李明月，是一件多么值得的事。

那个跟着阿凯疯狂网游的聪聪正渐渐变小，原来的聪聪仿佛又回来了。

转眼间，离中考只有 6 天了。教室里的气氛紧张得缺乏真实，每个人都面无表情地徜徉在题海里，看上去像是中了邪。

"为什么不让大家轻松一些呢？"课间的时候，我对米班长说，"要不，组织一次越野跑吧，利用下午的两个小时。"

作为体育委员，我觉得提这样的建议非常合适。

"开什么国际玩笑？这个时候越野跑，你想让大家好不容易记在脑子里的东西都跑丢?"米班长夸张地伸着脖子,"现在最重要的是复习迎考,你要是喜欢越野跑,自己去跑好了。"

我扭过头去,觉得跟她无法沟通。

离中考还剩5天的时候,出事了。

阿凯不见了,直到中午都没来学校。同学们有的猜他在家装病,有的猜他在医院治病。谁都知道他没心思学习,根本就不是读书的料。

我感到忐忑不安。

下午的自习课上,我看见左老师从教室的窗口走过,赶紧追出去。

"左老师,张凯怎么没有来?"

左老师看着我,想了想,问:"你很关心他?"

"我们是同桌嘛。"

"没事儿。他身体不舒服,休息一天,明天就来上学。"

左老师说完就走了。

我觉得她的眼神和语气都有些奇怪。

过了一会儿,左老师折回来,笑吟吟地对我说:"从今天开始,你不用帮李明月复习功课了。他的数学已经很好了。"

看着她的背影,我的心头涌上淡淡的失落。

左老师没骗我,阿凯果真第二天就来了。

他的左手缠着绷带,左脸颧骨处还有一个明显的血印。

同学们好奇得不行,问他是干架了还是摔了。

阿凯有气无力地说:"骑自行车摔的。"

我觉得没那么简单,私底下小声问他:"究竟发生了什么事?"

阿凯垂着脑袋不看我,也不说话。

"是兄弟,你就跟我说实话。"我急了。

阿凯叹了口气,慢悠悠地说:"该死的网吧,赚了我们那么多黑心钱,居然还捡了我的白金刚不还。我讨了几天,他们死不认账……"

"于是就干架了?"

"没事儿。要不是他们人多,我……咳,以后再也不去那家了。"

"你凭什么断定手表是他们拿的?"

"我就搁桌上的,不是他们拿的,会是谁拿的?"

"说不定是其他网民。"

"不会。"阿凯说,"直觉告诉我,白金刚就是他们拿的。"

"那你也不该跟他们动武呀!"

"没你事儿——"

阿凯来了一句响的,吓了我一跳。

这样也好,我们都暂别了网吧。

还有短短三天就要上考场了。我把心思收回来,盘点功课,看有没有遗漏的知识点。还好,我的干劲儿和自信又回来了。

晚自习结束回到家,我看见妈妈半躺在卧室的床上。

"妈妈!"我激动得不行,"你回来啦?!"

妈妈的脸色蜡黄,看上去有些疲惫:"聪聪,妈妈好想你。你还好吧?"

"我很好。"我有些心虚地说,"很好。"

"聪聪过来看,妈妈出差回来给你带礼物了!"

姨妈把我喊出去,递给我一双雪白的耐克鞋。

"哇!太棒了!"我高兴极了。这正是我心仪已久的那款!

妈妈的回家,让我对考试更加充满信心。

三天的考试顺顺利利,我很努力,没给自己留下遗憾。

当我怀着轻松喜悦的心情回到家时,姨妈严肃地对我说:
"我带你去一个地方。"

我有预感,一定发生什么大事了。

她把我带到了市区肿瘤医院,带进了住院部的一间雪白
的病房。

我的妈妈,我年轻漂亮的妈妈,她平卧在雪白的床单上,
无力地望着门口。

"妈妈!"我的心被揪得紧紧的。

姨妈告诉我,离开我的 31 天,妈妈并不是去出差,而是到
医院动手术了,一个很大的手术。

原来我网游的那段日子,妈妈并不在千里之外,而在离我
不远的地方,忍受着病痛的折磨。我却……

泪水挤满眼眶,我趴在妈妈的身边说不出话。

妈妈开始接受化疗。

我的中考成绩令她欣慰。

回校取毕业证书的那天,米班长找我写同学录,我正儿八
经地写了。

李明月也找我写同学录。

我说:"男生和男生,有什么好写的?"

他说:"你写了,我就告诉你一个秘密。"

我于是写了。

他对我说:"左老师根本没有男朋友。她知道你跟张凯每
晚出去玩儿,所以想了个法子牵绊住你。"

"她是怎么知道的?"

"你妈妈给她打电话……"

……

在我放纵自己的那些天里，我是那么任性、那么冷漠地忽视了周围的爱。我的亲人和我的老师藏在我身后那么小心地默默包容我、引导我，使我变回从前的聪聪。

我心痛得无法呼吸。

我的名字会长大

我叫李小范。

我叫李小范，你一听就知道了，我的爸爸姓李，我的妈妈姓范。

当我还是一只小海马的时候，爸爸、妈妈就叫我李小范了。呵呵，图画书上说，刚怀上的宝宝，样子就像小海马。

等到我会写自己的名字的时候，我已经是个5岁的俏妹妹了。嘻嘻，我真的很俏，喜欢穿白T恤和红格子超短裙，留着樱桃小丸子一样的漂亮发型。妈妈说，我的眼睛比小丸子的眼睛还要黑，我的笑脸比小丸子的笑脸还要甜。

可是，我不喜欢自己的名字，我喜欢小丸子的名字。

有一天，我对爸爸、妈妈说，我以后就叫小丸

子吧，你们不要再叫我李小范了。

他们说，那怎么行？爸爸姓李，你也必须姓李。

我说，那我就叫李小丸子。

他们说，记住你是中国人哦。

我说，"小丸子"这个名字听起来好像能闻到香味儿，我的不能。

他们说，你的也能，李小范，范——饭，米饭的香味儿。

我把嘴巴翘到鼻尖上。米饭哪儿有小丸子好吃？

我7岁的时候，班上的男生一不小心就把我叫成"李要饭"，我每次都要解释半天。

最调皮的陈木东在我8岁的时候居然在黑板上写"李小贩"，然后对我做猪脸。我气得用皮鞋头去踩他的脚，踩得他"嗷嗷"叫才肯罢休。

我9岁的时候，陈木东对我说，李小范呀李小范，你现在长得小小的，叫李小范刚好合适。要是你长大了，变成了一个涂脂抹粉的大姑娘，再叫你李小范就不合适了吧？

我说，你才涂脂抹粉呢！

他又说，要是你长成一个弯腰、驼背、掉了牙的老奶奶，是不是还叫李小范？呵呵，永远长不大……

我气得不行，跑过去把他的书包扔到地上。

我觉得我的名字非换不可了，但又吃不准叫什么名字更好，所以一直拖着，没跟爸爸、妈妈提出来。

到了10岁，我终于想好自己应该叫什么名字了。

在一个天气很好的周末，我郑重其事地对爸爸、妈妈说："有一样东西我用了11年，现在应该让它退休了。"

"哦？"妈妈的脑子不够用了，"什么东西你用了11年？我怎么不知道?"

"天呐!你是说11年?"爸爸张大嘴巴,"你才10岁,怎么会用了11年?"

我一个字一个字地说:"我还在妈妈肚子里的那一年,你们就叫我李小范,现在我10岁了,你们还叫我李小范,这不是11年吗? 你们扳手指算算。"

"你的意思是,你要换名字?"妈妈慌了。

爸爸说:"名字不可以随便换。"

我说:"我不是随便换,我是认认真真地换。"

"难道你认为你的名字不好吗?"他们一起问。

我说:"我的名字里有一个'小'字,现在我小,用着还行,要是等我变成一个头发花白的老奶奶,再用这个'小'字,就不合适了。"

妈妈想了想,眉头一皱:"有道理。要不,就改一个? 叫李大范。"

"不行,"我拼命摇头,"难听死了,像个老公公的名字。"

妈妈咧着嘴,笑得前仰后合。

爸爸看看妈妈,又看看我,笑眯眯地搂住我的肩膀说:"李小范,让我告诉你,你的身体会长大,你的名字也会跟着长大,你完全不用担心你的名字不适合你。"

"是吗?"我笑了,"我现在上四年级了,你当我4岁啊? 名字怎么会长大?"

"我不骗你。这是真的,你的名字真的会长大。"爸爸望着我的黑眼睛,一本正经地说。

他很少这么望着我的眼睛说话。

于是,我不忍心再跟他争下去。

倒是妈妈比较好奇。

那天晚上，她轻轻地钻进我的被窝，用手臂搂住我的身体，在我耳边问："李小范，你是不是还在想换名字的事？"

我说："有时候会想。"

"你想给自己换一个什么名字呢？妈妈好想知道喔。"

"……不告诉你。"

说完，我调皮地把被单拉上来，遮住脸，头一歪，学小猪打呼噜。

这是我想睡觉的时候下的逐客令。

妈妈失望地爬下了我的床。

我把写着"李丸子"三个字的纸片塞进床缝里。

不给我换名字，凭什么知道我想换什么名字呢？

看来我的名字一时半会儿换不成了。

我经常问自己，爸爸说的话对不对呢？我的名字真的会跟着身体一起长大吗？

爸爸是一个严肃认真的人，从来不对我说假话。

这么说，我的名字真的会长大咯？

我在期待中过了两年。

这两年，我的个子长高了不少。我努力地学习，头脑越来越聪明，读的书越来越多，字写得越来越老练，还变得不那么任性和爱翘嘴巴了，而且有了几个贴心的朋友……

现在，我是一个12岁的大女生了。亭亭玉立。

我凝视着镜子里的自己，发现自己跟小时候大不同了耶！光洁的额头，高挺的鼻梁，精致的下巴，修长的马尾辫……再也看不出小丸子的可爱影子了。

想起自己曾经想改叫"李丸子"这个名字，我都想笑。

毫无疑问，我的身体长大了。

可是，我的爸爸、妈妈，我的老师，我的伙伴，收发报纸的叔叔，打扫楼道的阿姨，依然叫我李小范。

我的名字好像没有长大。

夏天很快就来了，同学们都忙着写同学录，女生们纷纷把最具诗意的句子写在好朋友的本子上。

临近毕业的一个下午，我和平常一样挎着书包走在回家的路上。路过包子铺的时候，我为自己买了一个肉包子，然后津津有味地边吃边走。

走在我前面的是个小男孩儿，他一边走，一边踢一个陀螺。

陀螺是用来抽的，不是用来踢的。看来他是一个特别淘气的男孩儿。

突然，一辆电动车擦着我的手臂驰过……"啪"的一声，男孩儿倒在地上，开着电动车的小伙子扭头看了一眼，慌慌张张地加速逃走了。

我扔下馒头冲上去，看见男孩儿咬着牙看着自己的右腿。他试图站起来，却疼出了汗。

一些行人围过来，纷纷指责逃跑的小伙子，还争抢着打120急救电话。

我二话没说，拦下一辆出租车，用力把男孩儿扶上车。

我把他带到了医院。

我自己都不知道自己为什么非要管这样的闲事儿。当时那么多大人在场，他们都会帮这个男孩儿的，却被我抢先了。

医生要给男孩儿做检查，做检查得花钱。

我掏出身上所有的钱，包括过几天要交的拍毕业照的钱。

医生问："你是谁?"

"我是他姐姐。"我说。

医生又问："你叫什么名字?"

我说："我叫李小范。"

这次我报出自己名字的时候,突然有一种和以往报名字的时候很不一样的感觉。

真的很不一样。

我感觉我的名字是个大人的名字了。

男孩儿的右腿骨折了。医生给他打石膏的时候,他有些害怕,躲在我的怀里念叨着妈妈。

我一个劲儿地安慰他。

男孩儿的妈妈赶来的时候,看着男孩儿额头密密的汗珠儿,心疼得眼睛都红了。

我默默地走开。

男孩儿的妈妈喊住我："谢谢你,李小范!"

她把我的名字喊得那么响亮,我的名字听上去那么有分量。

这一刻,我昂首挺胸,有一种长大的感觉。

我终于明白爸爸那句话的意思了。

他没有骗我,我的名字真的会长大。

我要带着会长大的名字升入中学,升入大学……等我成为一个掉了牙的老奶奶的时候,我的名字一定会变得很大很大……

天生我材

我只能往外逃。

我似乎成了一个多余的人。

就在刚刚，老爸在我摔门而出的时候，给我扔了一句狠话："你看你还有什么用！"

这句话像极了一块尖石头。

我于是蹲在楼下的毛石板上摸着后脑勺痛定思痛：我看我实在是没什么用了。

我想起了妈妈，以前她在的时候，她忙忙碌碌像个劳动模范，工作之余把家里收拾得一尘不染。她总是说，家里没有用的东西应该及时扔掉。所以，当时我们家找不到一件多余的东西。

现在，我成了没用的东西，按照妈妈的逻辑，是不是也该把我扔掉呢？要是妈妈还在，会怎么处置我？

或者，假如妈妈没有离开，我不会颓废到如此地步的。记得我上小学一年级的时候，我头一次考试就得了满分，后来几年成绩也一直不错，还当过半学期的数学课代表。直到小学毕业的那年暑假，妈妈受尽病痛的折磨离我而去，爸爸早出晚归以生意为重，我才慢慢地没了方向和动力。

眼下，老爸为我起了个绰号——三胡。他说，毛一天，你为什么成天胡思乱想、胡说八道、胡作非为？瞧，三胡，概括得倒也精辟。我说，我有足够的时间和精力想自己爱想的事情，说自己想说的话，做自己喜欢做的事情，有什么错？

老爸又说了，你一天到晚想着玩游戏、踢足球，张嘴闭嘴都是"过瘾呀""刺激呀"，一放学就满大街找网吧，还有理了？

我说，那不没耽误写作业嘛。

老爸火了，说，你这次期末考试成绩在班上都排倒数啦，还说没耽误功课？马上就要初三啦！

我说，我们班底子好，倒数第十名都比其他班正数第十名强，我又不是全年级倒数，还有很多人在我屁股后面悠哉游哉。

老爸火大了，四下里寻找武器。

我只能往外逃。

其实我也讨厌现在的自己，可有什么办法呢？习惯了，改不了。

哎，不回去了吧？反正我是没用的人，他巴不得我离家出走，巴不得我死在外面永远不再回去戳他的眼皮。那样的话，他就可以安心地跑他的烟草业务，一心为他那千万富翁的伟大目标鞠躬尽瘁。

这么说，我还真该把自己扔掉喽？

我一遍又一遍地这样想，不知不觉走出了小区，而且越走越快。

晨雾还没有散去，矮小的旧公寓杵在一片朦胧里，羞怯地自嘲着，默不作声地掠过沮丧的我的身旁。

这个世界真是滑稽。既然有了新城区，还要这破旧不堪的老城区做什么？既然有了那么多现代化的楼房，还要这些旧楼破房做什么？既然有那么多聪明勤奋的人，还要我这种愚蠢懒惰的人做什么？

这个世界贪婪透了。

我狂奔起来，奔向郊外的西月山。

窄窄的石板路一直延伸向线条笨拙的西月山。山岭没有一点儿起伏变化，整座山看上去像一个毫无生趣的土包子。它给我一种厚实的压抑感。

尽管如此，我还是要走向它。也许，只有这样沉默笨拙的土包子，才会有心思倾听一个失魂落魄的少年诉说点儿什么。

我放慢脚步接近它。

忽然，耳边有音乐传来，徐徐如天籁。

转过一堵巨大的石头屏障，我的眼前豁然开朗：一群穿红戴绿的爷爷、奶奶在雾气腾腾的平台上舞剑。他们浅笑吟吟又一本正经的神态，他们略显局促又收放自如的剑步，他们飞扬的红腰带、旋转的大裤管，还有那一把把银光微闪的长剑，汇聚成一股强大的磁力，将我深深吸引。尤其是他！站在队伍最前面的那个高挑魁梧的叔叔！他显然是大家的舞剑老师。只见他身着雪白的对襟练功服，腰系一根黄缎子，神情专注，身轻如燕，宛若神仙。

我第一次这么认真地欣赏这幅感人的画面。

画中的每一个人都如此享受,对于我的陡然出现毫无察觉。

我羡慕他们了。

我居然羡慕白发苍苍的他们!

许久,我叹了口气,转到山下的镜湖边,找了块光滑的黄皮石头坐下。

雾气已经慢慢消退,眼前的西月山褪去了神秘的面纱,真容渐渐清晰可见。那是一种簇新的绿色,像是刚刚在镜湖里洗过一样干净,不管是深一点儿的,还是浅一点儿的,都绿得清爽、明亮。

而这一刻的镜湖,平静之中揣着热闹。湖面上时不时地漾起一圈圈小涟漪,还夹杂着细小的水声。我知道,是鱼儿在晨练。它们大概也被舞剑的人们感染了。

等我再回过头仔细看,高高的平台上,剑客们已经散去。

"哒哒哒……"摩托声传来。是他,舞剑老师!他骑在高大的摩托车上,双臂撑得笔直,后背也挺得笔直,那把长剑被斜绑在背上。他英俊的身姿划出我的视线,我忽然有一种珍贵的错觉:他像极了一位仗剑骑马的古代英雄侠客。

他究竟是谁?年纪轻轻为什么会在这儿教一帮爷爷、奶奶舞剑?

我站起来,面对他消失方向望了一阵,然后转身,愣愣地坐下。

太阳终于跳出了东边的地平线,柔和的光芒投射到西月山上,把那些或深或浅的绿色镶得亮亮的。

而镜湖的水在阳光的映射下,也显得神秘、璀璨起来。

这样的景致使我觉得自己黯然失色。

阳光越来越强烈,暑气袭来,我忍不住站起身,一步一摆地步入潮湿的湖岸。

我提起一只脚,凉鞋刚刚触到湖水,却突然被紧紧地搂住了。

是老爸的怀抱吧,那么坚强有力。这种感觉我还是上幼儿园的时候有过,已经很遥远了。

而当我睁开眼,却发现眼前是一张陌生的面孔。

是他,舞剑老师!

他刚刚不是走了吗?怎么又回来了?

神仙?

"不不不,"我尴尬至极,连连解释,"叔叔,我不是要往下跳,我只是想把脚伸进去凉快一下。天热起来了……"

他一把将我拖回到石板路上,温和地看着我,帅帅一笑,走开了。

"哒哒哒……"这个声音清脆悦耳。

我遥望他雪白的身影,感觉那身影像醒目的白色灯光一般照进了我的心里。

我的世界因此有些亮光了。

夕阳西下的时候,我折腾光身上所有的钱,摁响了自家的门铃。我决定保持沉默,无论老爸说什么。

开门的竟然是奶奶,吓了我一跳。

"一天,你一整天都到哪儿去啦?刚刚你爸还打电话问你有没有到家。"奶奶一脸严肃又不失慈爱地望着我。

"奶奶,您不是在乡下吗?您腿脚不好,怎么跑这儿来了?"我端起水杯大口喝水。

"你爸一早给我打电话,叫我无论如何过来住几天,陪陪你。"奶奶警觉道,"是不是父子俩闹矛盾了?"

"没——有。"我端起桌上的饭碗,"他呢?"

"你爸呀,上午就出发了,这会儿应该下火车咯。哎,一年到头满世界地跑,吃饭、睡觉没个准儿,身体大不如从前了,不容易啊。这趟去的是武汉,他说要一个星期才能回来。"

我把排骨汤喝得"吱吱"响。

自己没空监视我,却好意思把年岁已高的奶奶叫过来监视我,爸爸真是过分。

我对奶奶说:"您明天一早就坐车回去吧,别在这儿累着。"

"那怎么行? 你都放暑假了,一天三顿要吃、要喝,我不照顾你,你怎么过?"

"这两年我不都是这么过来的?"

听我这么说,奶奶沉默了,然后抽泣起来。

"奶奶,没事儿。"我安慰她。

过了一会儿,奶奶抹抹眼睛对我说:"一天,要不你跟奶奶去乡下过暑假,行吗?"

我把头晃得直响。

于是,奶奶坚持住下来陪我,直到我的老爸回来。

第二天早晨醒来,我有了一种冲动。我要去西月山,去看我的白衣英雄侠客。

我要去问一问,像我这样的少年,是不是还有用。

可当我起床撩开窗帘,却听到了雨声。

窗外白茫茫的一片。这样的天气,西月山下不会有人舞剑的。

我重新缩回床上,懒散着不肯动弹。

奶奶端着早餐走进来。

我冲她嚷嚷："你这么惯我干什么？你这是溺爱！早餐能在房间里吃吗？我没腿走路哇？我那么没用吗？"

奶奶被我吓坏了，哆嗦着嘴唇不知道怎么接话。

我迅速起床，接过她手上热气腾腾的餐盘，冲出房间，一屁股坐在餐桌前，牙也不刷，头也不抬，狼吞虎咽地吃起来。

我用眼角的余光瞥见奶奶佝偻的身体。她一动不动地站在我的身旁，不发出一丝儿响声。

我把餐具拿进厨房，她跟进来看着我洗，慢悠悠地说了句："毛一天，你是个好小子。"

这句话扇在了我的脸上。

我有些语无伦次："奶奶……我……你……对不起。"

奶奶拍拍我的后背，没说什么。

吃完早饭，我实在是无聊，借口说要去书店买书看，便溜出了家门，来到了一家熟悉的网吧门口。

口袋里揣着奶奶给的二十块钱，我的心里痒得难受，像是有蟹爪在挠。

"毛一天？进来进来。"伙计热情地招呼我，"老位子吗？今天玩久一点哦。"

我抿抿嘴巴，心里斗争开了。

一个声音说："戒了吧。快初三了。或者你可以去找人踢球。"

另一个声音说："再玩一回吧。快初三了。这下雨天哪能踢球？"

我一咬牙，进去了。

我在缤纷的游戏世界里忘乎所以……

这样的日子持续了三天。

三天后，我似乎再也找不到向奶奶要钱的理由了。

天气很好，我望着窗外，突然又想起了舞剑老师——我心中的那位白衣侠客。

也许我应该转移一下自己的注意力，学习舞剑倒是个不错的选择，至少可以让自己心平气和一些。

"奶奶，我带你去舞剑。"我说。

"舞剑?"奶奶听不大明白，"戏台子上才有舞剑的。"

"西月山下就有，"我说，"都是跟您岁数差不多的人，穿得花花绿绿，跟着年轻的舞剑老师练得可认真啦，那招式虽然慢得跟蜗牛似的，可是到位，绝对养眼。看看去吧? 说不定您愿意加入的。"

"我不去了，那么远。"

我这才想起来，奶奶腿脚不便。

我只好自己去咯。

我一路猛踩自行车，终于到了西月山下。

可能是我来晚了吧，石头屏障背面那高高的平台上空无一人。

远处，零零散散有晨练的老人。

我走过去向一位举哑铃的老爷爷打听："您看见舞剑老师了吗?"

"舞剑老师?"他反应不过来。

我说："就是穿身白衣服，带着老人们练剑的年轻叔叔，长得挺帅!"

"哦，呵呵，你找小宋呀?"老爷爷乐起来，指着远处说，"瞧见没，小宋来了。"

我顺着他指的方向望去,发现一个白色的身影正向我驰来。

没错,就是他!只有他才会把摩托车骑得那么潇洒。

"小宋叔叔!"我兴冲冲地迎上去,"你还记得我吗?上次在湖边……"

他把摩托车停好,再从车后座的塑料箱子里取出一台小小的录音机,看看我,却不说话,只是笑笑,大步走上高高的舞剑平台。

没想到他的架子还挺大。

"我跟您学舞剑吧。"

他忙着摆弄录音机,安装电池、倒带……好一会儿才停下手上的活,拉我坐下来。

"我也不是非要学舞剑,只是想找点儿事打发时间。我老爸说我没用,成绩差,习惯差,我也觉得自己很没用。你说,像我这种人是不是挺多余?"我忍不住向他倾诉。

他专心地盯着我的嘴巴。看我说完话,他用力咽了口唾沫,抿抿嘴唇。不可思议的是,他用双手朝我比画起来,至于比画些什么,我全然不懂。

他听不见,也不会说话。我被吓坏了。

"对……对不起……"我感到心痛,"我不知道你这样……"

小宋叔叔拿起一根细树枝,在地上浅浅地写下八个字:天生我材,剑舞西月。

我喃喃地咀嚼着这八个字,若有所思。这八个字让我汗颜。他听不见,也不会说,却可以和着乐声教人们舞剑,舞得那么专注、那么潇洒。而我是个健全的人,是个完全有实力追

求梦想的人……我简直太混了。

不一会儿,爷爷、奶奶们陆续而至,平台上热闹起来……在舒缓的音乐声里,小宋叔叔迈开了他漂亮的剑步,和老人们一起享受这属于他们的美好时光。

我仰望着他,用最感激的目光。

明天,老爸就要回来了,我想我会去火车站接他。

亲爱的
"房车"

奶奶，对不起。

　　奶奶把装了热粥的玻璃饭盒递给我，急急忙忙去楼道里把车推出来。

　　油汪汪的鸡蛋饼搁在热粥上，被熏得软绵绵的，我没了食欲。

　　"开开快点上来，要迟到啦。"

　　"我不要喝粥，只要吃鸡蛋饼。"我抱着饭盒站在一边生气，"昨天明明跟你说了，我今天早上就吃鸡蛋饼……"

　　"哎呀我的小祖宗，光吃干巴巴的鸡蛋饼哪能舒服？"奶奶已经把车推到了我的跟前，"上来呀，真的要迟到啦！"

　　我抱着饭盒，钻进奶奶的三轮车。

　　奶奶的三轮车已经有些年头了：蓝色的车架

锈迹斑斑。车后座的雨篷倒是簇新的，那是一个月前刚换的。雨篷是全封闭的，连个窗户都没有，只有前面的挡布可以掀开。

奶奶的三轮车就像一座移动的小房子，简直就是我的"房车"。车里有两张小板凳，一个储物箱。我每天都坐着这样的"房车"，一边吃早饭，一边上学。放学后，我钻进我的"房车"，一边啃零食，一边回家。在与外界完全隔离的雨篷里，我享受着自己的世界。

"开开，鸡蛋饼就着热粥，吃得饱、吃得称心，你快点吃。"听得出奶奶正使着蛮劲往前蹬三轮车，可她还是把车骑得摇摇晃晃的。

要不是一大早老爸从新西兰打来电话，耽搁了奶奶做早饭的时间，我们才不至于面临迟到的危险。

我用勺子挑起鸡蛋饼，对付着咬了几口，掀起帘子大声问奶奶："老爸要不要回来过中秋节？"

"哪个晓得？"

"那他跟你说什么？"

"他倒记得老头子的生日，要我把老头子喊过来住几天，过完生日再回去。"奶奶扭头催我，"快点吃，吃得舒舒服服，一天都有精气神……"

她可真啰嗦。

我把饭盒丢到一边，抹抹嘴，翻出英语书——昨天新学的几个单词还没背呢。我的"房车"就是好，遮风挡雨不说，还可以躲在里面背书，绝对不受外界的干扰。我每天坐在车里复习功课，效果还不错。不过有时候单词、句子、课文背得好好的，车突然颠簸得厉害，我刚记到脑子里的东西就"哗啦啦"掉了出来。哎,奶奶的驾驶技术要是再高超一些就好了。

二十分钟后,奶奶的三轮车终于抵达校门口。我火速跳下车,挎起书包踩着铃声飞奔而去。

"开开你跑慢点,看好脚下……"

奶奶的声音从背后追上来。

管不了那么多,我甩开膀子使出浑身力气冲到教室……还好还好,叶老师还没有来。全班向我行注目礼,周围腾起"呵呵哈哈"的笑浪。什么意思?迟到有这么好笑?

我很礼貌地跟着傻笑两声,直奔座位……

"嘿,马盛开,你的衬衫穿反了。"同桌米粒撞了一下我的胳膊,扶着眼镜架,慢条斯理地提醒我。

我这才低下头看自己身上的衬衫。不看不知道,一看吓一跳。米黄和果绿相间的格子衬衫,线缝都往外翻着,任凭里面的黑色 T 恤有多帅,都无法弥补这种弱智型错误所带来的尴尬。

我感到头皮一阵发麻。我二话不说,火速将衬衫脱下来藏到桌肚里,把帅得过分的短袖黑 T 恤露在外面。

"马盛开,衬衫反穿比内衣外穿 fashion 多了!"有同学隔着过道冲我嚷嚷,"你不会是故意的吧?"

"喔——"全班起哄。

我抓起英语书遮住脸,不理睬他们的嘲笑。

"你还是把衬衫翻过来穿上吧,如果感到凉的话。"米粒压低嗓门对我说。

我晃晃肩膀不吭声,心里一个劲儿地埋怨奶奶。

一整天,我都没有精气神。

放学后,我钻进"房车",打开储物箱,照例看见一堆可爱的零食：马蹄酥、牛肉干、小核桃……但是这次我没什么胃口，我正生奶奶的气呢。

"都是你不好，"一进家门，我就把衬衫和书包丢进沙发，气鼓鼓地告诉奶奶，"今天我被同学笑话了！都是因为你！"

奶奶一头雾水。

"早上你光顾着接老爸的电话，都不帮我去阳台收衣服，我只好自己去收，结果到了学校，同学告诉我衣服穿反了！"我鼓着腮帮子窝进沙发，"奶奶，我就搞不懂了，衣服为什么要反着晾呢？你如果不反着晾，我把衣服拿起来穿在身上，也就不会是反的了。"

"衣服哪能不反着晾？反着晾才不褪色，你晓得不？衣服褪了色看起来显旧，穿在身上没有精气神……"奶奶啰啰嗦嗦地说了一大堆，然后皱着眉头搓搓手，钻进厨房准备晚饭。

我追上去喊："都是你！接个电话那么久！"

"你爸爸的电话我是要认真听的，他问你乖不乖，有没有进步……"奶奶背对着我，很认真地收拾一条新鲜的鳜鱼，"开开，鳜鱼是清蒸，还是红烧？"

"都不要。"我倚在厨房门边，心里的气没法消，"我不要吃鳜鱼，我要吃河豚。"

奶奶一愣，转过脸看看我说："现在市场上的河豚都是养殖的，有啥好吃？这条鳜鱼倒是正宗的长江鲜，我给你煮汤喝吧，放一小块豆腐和一小把香菜，你吃鱼，我吃豆腐，再把鱼汤喝个精光，鲜得不得了……"

"我就要吃河豚。"我撇撇嘴丢下这句话，转身去房间写作业。

烦死了，一天一篇日记，还要求 300 字以上。哪有那么多东西好写？

奶奶喊了三遍，我才慢吞吞地走出房间，到餐厅吃晚饭。

空气中弥漫着鲜香的奶汤鳜鱼味儿。奶奶盛了一碗鱼汤笑吟吟地递给我："开开，今天的鳜鱼汤比河豚还鲜，你多喝点儿。爱喝鱼汤的孩子聪明。"

"要是多喝鱼汤就会写日记的话，我就每天喝一锅！"我灵机一动，"奶奶，你今天做错事情了，得想办法弥补。"

"哦？"奶奶抓着筷子的手有些微微的颤抖，"怎么弥补？"

"你得帮助我完成今天的日记。"我抬起下巴。

奶奶的眼睛先是瞪得大大的，然后慢慢眯起来，眯成一道缝，鱼尾纹便从眼角散开，像极了开放的蒲公英。

"开开，奶奶不会写日记。奶奶都快七十岁了。奶奶从来没有想过要写日记。"

"不是写，是说。你说，我写。"

奶奶摇起头来。

"我才小学六年级，都会写日记，你上过初中，怎么反倒不会写？"

奶奶把眼睛睁大，直勾勾地望着我。她的表情僵住了，握着筷子的手也僵住了，整个人似乎都僵住了。要她写日记，她一定吓坏了。

看着她紧张不已的模样，我有点儿想笑，但还是克制住自己，瞪大眼睛，一眨不眨地望着她。

电话铃声打断了我们的对峙。

奶奶回过神来，看看电话机，又看看我，迟疑地站起身，慢吞吞地跑去接电话。

是老妈打来的，她说给她留点儿饭，她一会儿就到家。

嘿，这个有名的工作狂，居然会惦记家里的晚饭？真是太阳从西边出来了。

奶奶接完电话回到餐桌前，好像恢复了智商和体力，中气十足地对我说："开开，早上没帮你收衣服是奶奶的疏忽，奶奶向你道歉。但是写日记是你自己的事情，奶奶没有能力帮助你。你要是实在不知道怎么写，可以打电话问问你的爸爸。"

"我才不打老爸的电话。"我嗅嗅鼻头，端起鱼汤猛灌，抹抹嘴巴问，"老爸到底要不要回来过中秋节？他答应陪我去恐龙园的！"

奶奶拼命给我夹菜："你爸爸工作忙。"

这是奶奶常挂在嘴边的话。

你爸爸工作忙，你妈妈工作忙。无论我说什么，她都用这样的理由打发我。所以嘛，我从上幼儿园到现在，几乎每天都由奶奶负责接送。爸爸常年在新西兰工作，妈妈在中央广场开大药房，两个人都顾不上我。

从新学期开学我搬入新校区到现在，快一个月了，妈妈还没接送过我。

原先的小学在城西，很近，两站路，奶奶接送我很方便，有时候我自己走走也不麻烦。可是现在的新校区偏向城北，在一个陌生的地方，离我家有些远，如果奶奶不接送我，我还真不知道怎么上下学。

挨到 9 点半，我终于写完了日记，连标点符号一共 303 个字，完成任务啦！我松了口气，倒头就睡。

第二天，奶奶照例要我喝粥。我坐在"房车"里，把盛满热粥的饭盒塞到储物箱里，翻出饼干和薯片，大口大口地啃。

结果下午奶奶来接我的时候，拉长脸一个劲儿地数落我：

"开开,你昨天没喝粥,今天又没喝粥。你饿着肚皮上学,哪能有精气神?没有精气神,哪能学得好……"

我躲在"房车"里保持沉默。

我就是不喜欢喝粥。

这种状况持续了几天,双休日到了。

早上,我睁开眼,听见客厅里的动静蛮大。难道是老爸回来了?我踩着拖鞋飞奔出去——

风尘仆仆的爷爷站在门口,正弯腰从脚边的大布袋子里取东西,豆角、柿子、黄瓜、胡萝卜、小青菜……花花绿绿摆了一地。

"爷爷!"我感到意外,"你怎么来了?"

"爷爷来看看开开。"爷爷说着,直起腰,乐呵呵地冲我笑。

我瞅着满地的东西,耸耸肩膀嘟哝:"爷爷,你摆地摊啊?都是些我不爱吃的东西。要不,你拿去菜场卖吧!"

"这些可都是你爷爷亲手种的,新鲜着呢! 你爱吃不吃!"奶奶朝我瞪眼睛,忙着把它们拎去厨房。

老妈提着一盒蛋糕回来,我才想起来今天是爷爷的生日。

我吃得满嘴甜腻腻,看爷爷高兴,便趁机向他数落奶奶的不是。

——奶奶每天要我喝粥,可我就是不喜欢喝粥。

——奶奶偏要把衣服反着晾,害我反穿衣服惹人笑。

——奶奶不肯教我写日记,弄得我为了一篇日记想到半夜。

——奶奶骑车颠簸得厉害,影响我记单词。

——奶奶不许我吃路边摊上的食物,馋死我了!

——奶奶说话太啰嗦,烦死我了!

老妈在旁边一个劲儿给我使眼色,我装作没看见。

爷爷难得来一趟,我还不把心里的委屈倒出来? 不然我能告诉谁? 我指望着爷爷能说说奶奶,让奶奶改正不足,我也好过得称心如意一些。

爷爷果然没让我失望。他用手指头敲打着饭桌,严肃认真地对奶奶说:"你大老远地跑到城里来干什么? 不就是为了照顾开开吗? 开开可是咱们马家的宝贝独苗,你不能让他不高兴。说任何话、做任何事情,你都要想一想,开开喜欢不喜欢。开开喜欢,你才能说、才能做。要是开开不喜欢,你就不能说,也不能做。"

奶奶坐在爷爷的对面,像个小学生似的频频点头。

我朝爷爷竖起一只大拇指:"爷爷,你真是太英明了!"

爷爷"哈哈哈"大笑。

这一夜,我睡得特别香。

双休日过完,爷爷回去了。临走的时候,他搂着我的肩膀对我说:"开开,如果你奶奶再让你不高兴,你给爷爷打电话,爷爷来批评她。"

"嗯!"我幸福地点头。

天底下怎么会有这么好的爷爷! 望着他消失在楼道的身影,我的鼻子都泛酸了。

可接下来的日子,奶奶并没有什么转变。她依然每天逼我喝粥,依然把衣服反着晾,依然不帮助我写日记,依然把车骑得左摇右晃,依然不许我吃路边摊,依然说话啰啰嗦嗦。

有几次,我差点儿想抓起电话向爷爷告状,可看到奶奶每天弯腰驼背忙进忙出,硬是忍住了。

我对奶奶说,你记得爷爷说过的话哦。

奶奶一脸的无奈:"奶奶是为了开开好……"

她不准备改了!

就在我准备正式给爷爷打电话的时候,发生了意外的状况。

我星期三被闹铃吵醒后从床上爬起来,感觉家里空荡荡的,钻出卧室到处找人,瞥见桌上留着便条,是老妈的狂草:开开,起床后自己弄吃的。

该上学了!来不及啦!奶奶到哪儿去了呢?我火速拨通老妈的手机。

"老妈,奶奶不见了!"

"哦,开开,忘了跟你说,你奶奶回老家去了,一早就走了。"

"啊?"我感到大脑缺氧,"为……为什么?"

"你奶奶说,地里的红薯熟了,你爷爷一个人忙不过来,她回去帮帮忙。"

"怎么能这样?那我上学怎么办?"

"你自己坐公交车去吧。"

"公——交——车?"我感到不可思议。作为有"房车"的上学一族,我是很少坐公交车的!

"要不你走着去,跑步前进,顶多半个小时。注意安全哦。"

老妈说完,挂了电话。

我杵在那儿半天回不过神来。等我缓过神来,我已顾不上吃东西,抓起书包就往外奔……公交车站挤满了候车的人,我好不容易等来 228 路车,好不容易挤上了车,却发现没有带钱,又不好意思向周围的人乞讨,只好下车回家拿钱。我辛辛苦苦跑到家门口,一摸口袋,发现自己忘了带钥匙!

我连一头撞死的心都有了!

我跺脚,我砸墙,我恨得咬牙切齿。没办法啊,总得去上学。那就只好跑步前进了……我从来没有觉得上学的路会这样漫长,从来没有觉得上学的路会这样吃力,多希望奶奶突然出现在我的身边,多希望自己能钻进亲爱的"房车",颠簸一些没有关系,总比我跑得上气不接下气好很多……当我出现在教室门口时,叶老师已经开始上课了。

我又饿、又累、又狼狈。

这样的日子我不想再继续。

第二天,我起得很早。

"老妈你得送我。"

"妈妈没空。开开自己去学校。"

"我要坐你的车去!"

"你都六年级了,又不是六岁。"

"学校好远。你一定要送我!"

老妈想了想说:"好吧。那妈妈只好晚一些去开店了。但是妈妈跟你说清楚,妈妈就送这一次,明天你还是要自己去。"

"好吧。"

我钻进老妈的小汽车,往沙发上一靠,不要太舒服哦!

可是,接下来的日子就不舒服了。我必须每天提前起床,盘算着是坐公交车还是跑步,还得记着带钱、带钥匙,真是好烦。

放了学,许多同学的爸爸、妈妈或者爷爷、奶奶都来接,我一个人耷拉着脑袋往家的方向赶。路边摊上的食物很诱人,我买了手抓饼一点一点地咬，就是吃不出它的香味。看着人家的"房车"一辆辆和我擦身而过，我的心里好难过。

"奶奶，"我在电话里说，"红薯收好了没？你快回来吧！"

"奶奶老啦，骑不动三轮车啦。开开自己要照顾好自己。"奶奶的声音没什么力气。她好像不太愿意跟我说话。

"奶奶，我想你了。"

我说完，搁下电话，眼眶一阵湿热。

这会儿我才感觉到，奶奶不是回去帮爷爷收红薯，她是被我气跑的。回想起自己对奶奶的态度，回想起那些令奶奶难堪和难过的话语，我有点儿恨自己了。

中秋节就快到了。

"老爸，我把奶奶得罪了，她回老家了。我每天自己上学。你快回来吧！"

"老爸，我知道自己错了。奶奶所做的一切都是为我好。"

"老爸，请你帮我把奶奶请回来，我要我的'房车'。"

我仰面躺在床上，对着天花板自言自语。

新西兰那边的电话，我才不想打。他会小看我的。

叶老师宣布放学的时候，教室里沸腾了。

"马盛开，中秋节放假三天啊，你准备去哪儿玩儿？"米粒兴奋地问着，没等我回答，又迫不及待地告诉我，"我的爸爸、妈妈要带我去海洋馆，我最喜欢海洋馆的海豚和海狮，它们聪明又可爱，一只叫瓦尔达尼的小海豚特别好玩儿……"

我甩起书包走出教室……

我无精打采地回到家，却在楼道里看见一个家伙——车！我的"房车"！

我的"房车"回来了！

打开家门,熟悉的鱼汤味儿扑面而来。

我激动地拉开厨房门,看见灶台前忙碌的身影。她弯腰驼背,身体单薄,花白的两鬓梳得一丝不苟,两腮瘦消,认真地盯着锅里翻滚的奶汤……

"奶奶,对不起。"

油烟机发出讨厌的轰鸣声,掩住了我的声音。我知道,奶奶有没有听见并不重要,重要的是,我说了。

一个人睡

"你去吧。我可以一个人睡。"

奶奶说，当人们都熟睡以后，世界就变成了另外一种样子。大地变得像蛋糕那么松软，从地底下冒出浓浓的白色气流，将房屋轻轻托起来，悬在半空中，樟树的枝丫不断延展，树叶变成一把把蒲扇那么大，落在土拨鼠滑溜溜的脊背上，一不当心，土拨鼠被拱起的地面弹得又高又远，像是一只失控的皮球，消失在深蓝色的黑幕里……

奶奶还说，夜晚的土拨鼠丢弃了素食主义者的假面具，它抛开讨厌的莴苣和玉米，露出狰狞的面孔和尖锐的牙齿，专挑一个人睡的小孩，爬到床上，钻进被窝，啃食小孩的脚趾头。

我于是有了一个特别的睡姿：屁股往外撅，像一只虾一样弓着身子，把头埋进妈妈的胸口，脚丫子蹭在妈妈的大腿上，嗅着妈妈酥香的体味，在妈妈柔和的气息里入梦。我觉得这是全世界最安全、最幸福的睡姿，绝对不会有土拨鼠偷偷乱啃我的脚趾。

这个睡觉的习惯一直保持了 12 年。

现在，我已经是一个皮肤雪白有弹性、额头光洁饱满、头发浓黑顺滑、眼睛里闪烁着明亮光泽的大女孩了。每天清晨出门前，我对着镜子里的自己左看看，右瞧瞧，舍不得离开。镜子照久了，妈妈就在一边唠叨："哎呀，已经很好了，自信不是照镜子照出来的，再这样照下去，镜子都要抗议啦，当心哪天把你照成一个丑八怪！"

哈哈，像我这么漂亮的女生，完全不用通过照镜子树立自信心，我是在自我欣赏好不好？

有一天晚上，妈妈跟我说，你可以一个人睡了。在过去的若干年里，她无数次说过这样的话，每次，我都用撒娇的方法搪塞过去。

我假装肚子疼，假装头晕，假装浑身乏力，甚至假装不省人事；我用等一盏红灯的时间挤出大把的眼泪，用湿漉漉的嘴唇在妈妈的脸蛋上使劲儿亲吻；我钻进妈妈的被窝里赖着不走，双手使劲儿抓着被单……我用尽所有的办法，只为逃避一个人睡。

我有自己的小房间，那是一个朝阳的被粉蓝色的墙纸和粉蓝色的窗帘装饰得仿佛童话世界般的卧室。绿萝爬满书桌，玩具堆满地毯。小床有着桦木做成的高高的金色的床背，还铺着蓝白格子的被套。穿着圆点背心的玩具小浣熊每天都趴在被子上等我，但我很少睡到上面去。比如我偶尔午睡，或者趴在上面翻阅漫画书，或者躺在床上玩妈妈的手机。只有一次,我在夜晚的时候被迫在自己的小床上睡了一小会儿。

那次,妈妈的心情不好,我的作业完成得也不好,老师还发短信告状,说我上课跟同桌讲话,妈妈当然看我不顺眼了。当晚,我已经搂着她睡了,她跟我说着话,突然脾气上来了,爬起来拧开灯,要我去自己的房间睡。我哭也没用,求也没用,喊也没用,只好气鼓鼓地跑向自己的房间。我整个人蜷缩在被窝里,一边哭,一边竖着耳朵捕捉窗外的声音。

"咕咕咕……""哧哧哧……""嚓嚓嚓……"

安分了一天的大地在这个时候一边大口大口地喘气,一边"呼哧呼哧"地伸懒腰,气流已经将我们的房子整个儿托起来了,床轻微地摇晃,窗外的樟树正在猛长,树叶落在土拨鼠肉嘟嘟的身体上,土拨鼠被弹得很高,像一颗子弹一样射中我的窗户,径直钻进我的被窝,啃食我的脚趾……

我爬起床"哇啦哇啦"乱叫,赤着脚不顾一切地跑回妈妈的房间,钻进她温暖的被窝。

所幸的是,她没有再撵我走,还用湿润的面颊反复蹭我的额头。

原来刚刚哭的人不止我一个。

原来妈妈也害怕一个人睡。

这件事过去很久,妈妈都没有再提出要我一个人睡。

但这次,妈妈是一本正经地跟我说的。

她收拾完碗筷,把我从客厅的电视机前喊到书房。她自己在书桌前像个女主播一样正襟危坐,要我在她对面的椅子上坐下,然后递给我一个巴掌大的牛皮纸信封。信封上空无一字,而且居然还封着口,不知道是什么意思。

"在你打开信封之前,必须答应我一件事。"妈妈一脸严肃地望着我,就像幼儿园老师望着一个犯错的小朋友。

我自然就紧张了:"什么事啊?"

"希希,你已经12岁了,从明天开始,你必须一个人睡。"她抬起下巴望着我,我从她的眼睛里找不到一丁点儿母亲的温柔。见我翘起嘴巴马上就要撒娇,她又不动声色地补充了一句,"今晚妈妈还是会跟你睡。"

我起身绕过大大的书桌,像以往的很多次一样扑进妈妈的怀里,把脑袋依偎在她的胸膛,可怜巴巴地讨饶:"妈妈,希希就喜欢跟妈妈睡,希希不可以一个人睡。妈妈,妈妈……"

我一个劲儿地叫唤着"妈妈",把这两个最简单的音节发得像唱锡剧一样婉转绵软,然后就等着妈妈说:"好好好,这件事情以后再说……"

但是这次,妈妈丝毫没有动摇。她把我扶起来,要我回到她对面的椅子上。

我像一只失宠的小动物,蜷缩在冰冷的椅子上,跳动着一颗受伤害的心,感觉这一晚简直是世界末日。

"你答应了吗?"妈妈换了个舒服的坐姿,用一只手托住下巴,直愣愣地望着我。

我把薄薄的牛皮纸信封拎起来,移到灯光下,猜想着里面究竟是什么神秘的东西。该不会是钱吧?我答应一个人睡,就会得到一笔补偿金?可这么薄薄的一点,也太小气了吧?不过就算是再多的钱,也无法撼动我跟妈妈睡的决心。

如果不是钱,那就是一封信咯!有必要吗?成天四目相对,有什么话不能直说,还得写在纸上放在信封里?

如果里面既不是钱,也不是信,那会是什么呢?

我实在忍不住了,抓着信封撕起来……

"等等!"妈妈厉声阻止,"你得答应从明天开始一个人睡,才可以打开这个信封。"

我不得不停止撕信封的动作,把头摇得"嗬嗬"响:"妈妈,我不同意。"

"那就把信封还给我。"妈妈朝我伸出纤长的手。

"有什么了不起。"我把豁开了一个缺口的信封放到妈妈的掌心,跑回客厅接着看电视。

没错,我是对那个信封充满了好奇,但如果要牺牲和妈妈睡的权利去满足那样的好奇心,就太不划算了。

可事情并没有因为我的不配合而宣告结束。接下来的日子里,妈妈揪住"一个人睡"这个目标,尝试用她能想到的各种方法来逼我就范。

她故意大声打呼噜,就像动画片里的小猪打呼噜一样夸张,但在我听来,这呼噜声无疑是最给力的催眠曲;她不跟我说话,甚至连"晚安"都懒得咕哝,但这又有什么关系呢,我照样睡得很香;她把身体转过去,留给我一个光滑的后背,这也没关系,我可以像贝类巴在船底一样巴住她的后背,把脚趾头紧紧地伸进她的小腿。

这几招都不能达到撵走我的目的,妈妈便动了真格。

有一天吃早饭的时候,她竟然对我说:"陈希希,你要是再赖在妈妈的床上不走,妈妈就要采取措施了。"

"我没有赖在你的床上,"我狡黠道,"我只是想跟妈妈一起睡,并不一定要睡在妈妈的床上。如果妈妈不反对,咱们今晚可以 一起到小房间睡。哈哈,换张床睡也不错哦。"

妈妈小口小口地嚼着土司,把脸一板:"希希,你已经12岁了,妈妈像你这么大的时候,别说睡觉,干活都麻麻利利的了。你怎么总也长不大?"

我讨好地递给妈妈一张纸巾:"别着急。妈妈,我会长大的。等到上大学之前,嗯,十七八岁的样子吧,我应该可以一个人睡了。"

"什么?"妈妈叹着气朝我瞪眼睛,"我真后悔生了你。"

"妈妈,我要跟你睡,这说明我喜欢你、在乎你、依恋你、每时每刻都想着你,你的女儿这么爱你,你应该感到高兴,别赶我走嘛!"我端给妈妈一杯热乎乎的牛奶,"再说,家里就咱们两个,还不抱在一起互相取取暖啊?"

妈妈看了我一眼,没有再啰嗦。

也许我不该这么说,但我说的是实话呀!爸爸、妈妈都是医生,在我3岁的时候,爸爸在一次援藏途中发生了意外,从此我的生命里就只剩下妈妈。我对爸爸的印象越来越模糊,只记得他长长的白大褂和像船一样庞大的皮鞋。如果不是时不时打开电脑看一看那些花花绿绿的照片,我大概连他的样子都不记住。

从此,我和妈妈相依为命。我们偶尔也会回一次老家,去看望爷爷、奶奶,但并不会在那儿逗留很久。因为每次奶奶一见到妈妈,就忍不住念叨爸爸,搞得气氛非常悲伤,所以妈妈就不忍心多去。暑假的时候,妈妈会把我一个人送到乡下,我当然就和奶奶睡。深夜土拨鼠的秘密,就是奶奶告诉我的。

奶奶还说,小孩子一个人睡长不结实,还容易长成塌鼻头和厚嘴唇。我问,这是为什么呢? 奶奶说,小孩子一个人睡,半夜里蹬了被子容易感冒,当然就长不结实;小孩子胆小,一个人睡喜欢用被子蒙住脑袋,这样一来就影响了呼吸,慢慢地就会形成塌鼻头和厚嘴唇。

随着年龄的增长,我知道了土拨鼠啃脚趾头的说法是吓唬小孩的,但塌鼻头和厚嘴唇的说法却令我深信不疑。所以,我发誓在我的鼻头和嘴唇定型之前,不可以一个人睡。

上电脑课的时候,我偷偷上网查过了,女孩子的五官要到17岁左右才定型。也就是说,在17岁以后,我可以慢慢考虑一个人睡。

可是眼下的状况,我好像等不到那么久。

思想工作做不成,妈妈想了一招狠的。她给我的班主任老师打电话,请求她的帮助。这下,我完蛋了。

被班主任喊到办公室的时候,我盘算好了应对的策略:无论她怎么批评我、怎么要求我,我都不能还嘴,只管点头就是。实践一次又一次强有力地证明,跟班主任顶嘴,是一件吃力又吃亏的事情。

我站在班主任身旁,尽量放松心情,不说话,也不乱动。

奇怪的是,老师对"一个人睡"这个话题只字不提,却把我的作文簿翻得"哗哗"响,然后拍拍那页布满红色波浪线的作文,笑眯眯地告诉我:"陈希希,你的这篇作文写得很不错,我已经录入电脑去投稿了,过两三个月,说不定你能收到作文杂志社寄出来的样刊。"

这是个好消息!我伸长脖子瞥了一眼那篇作文,那是我上个星期写的《我的生活我做主》。这里面充斥着一些潇洒得不得了的语句:我喜欢自己的事情自己做。喝什么牌子的牛奶,梳多高的马尾辫,穿什么衣服出门,写多长时间的作业,看哪个台的肥皂剧,睡在哪张床上……统统由我说了算,我是自立、自信、自强的快乐女生……诸如此类的话语。不过我没觉得这篇作文写得多么好。它缺乏真实感,绝对只是我的理想状态。现实和理想正好相反,除了睡觉可以死皮赖脸和妈妈挤一个被窝,我的其他事情统统由妈妈安排。

"陈希希,老师想知道,你的生活真的是你自己做主的吗?"

老师竟然这么问我。这么说,她也怀疑我的作文有吹牛的成分。

"是啊,我自己做主。"我艰难地点头,努力保持自然的微笑。

"那你有自己的房间吗?"她似乎不经意地说,"在每一个宁静的夜晚,你在你独立的世界,能听见自己心里的对话吗?"

"自己心里的对话?"我伪装出来的淡定和从容全都不见了,取而代之的是好奇,"说些什么?"

老师并不急着回答我。她缓缓地站起身,一只手抓住我的手臂,另一只手顺势抚摸我的头发:"你自己心里的对话,我怎么知道是什么呢?"

听她这意思,是要我自己去尝试了,才能知道。

这一刻我突然警醒:咳,这不是明摆着诱惑我一个人睡吗?我才不上当。

"白天很吵,我们都忙着应付事情,忙着跟别人说话,往往一天过去了,也不知道这一天里做了多少没有用的事情,说了多少没有用的话。"老师柔声细语地说,"但是夜晚就不一样了。夜深人静的时候,你独自一个人待在自己的世界里,慢慢地会忽略周围的一切,这个世界上就剩下你自己了。你完完全全地暴露在自己的面前,自由自在,什么都可以去想,什么灵感都会跑进脑海。于是,心里就有了对话。"

我静静地听着。

"我像你这么大的时候,经常能听见自己心里的对话——解方程并不难啊，只要细心一点就行了；今天老师表扬你了，你要更努力哦；为一件小事跟同学计较，是不是不值得；妈妈的生日快到了，可以准备礼物了……"

老师轻轻地说着这些，我默默地注视着她亮闪闪的眼睛，心底开出一朵柔软的莲花。阳光照射在花瓣上，每一片花瓣上都写着一段温和私密的对话。

我迫不及待地想要去看看、去听听，在我陈希希的独立世界里，会有怎样精彩的对话。

于是，我有了第一晚真正意义上的一个人睡。

我知道老师接受了妈妈的托付，帮助我一个人睡，这是老师的"计谋"，但我情不自禁地上钩了。

我枕在蓝白相间的枕头上，抱着小浣熊柔软的身体，在静谧的黑夜里张开双眼，看见深蓝色的天幕上缀满热闹的星星，皎洁的月光透过水蓝色的空气，把我的小床镀成了浅浅的粉蓝色。我听见了自己心里的对话——希希，一个人睡，是不是一件很舒服的事情？是啊是啊，很自由，很放松，无拘无束，可以天马行空，连做的梦都会更有趣吧！

事情就这样有了转变。我那么温和地、那么自然地接受了老师的提议。我成了一个一个人睡的女生。

当我揉开惺忪的眼睛，妈妈已经坐在了我的床沿上。初阳透过薄纱照在她美丽的脸庞上，嘴角和眼角的那些细小的纹络全部被光填满，妈妈显得很年轻。

"妈妈，我一个人睡了。"我有点想哭。

妈妈把我搂进怀里，轻轻地拍打我的后背："希希终于长大了……"

我抱着妈妈细细的腰肢，突然担心起来：没有我在枕边，一个人睡的妈妈该多么寂寞、多么无聊啊！我似乎意识到，我死活不肯一个人睡，也许并不是因为自己胆小，更多是因为我不忍心让妈妈一个人煎熬长夜……

一个星期后，妈妈把那个被我撕开了一条口子的信封交给我。我打开它，看见里面装着一份援藏申请。妈妈说，下个月会有一批医生去援藏，时间是半年，考虑到那儿很需要妇产科医生，她想报名。

"你去吧。我可以一个人睡。"我含着眼泪对妈妈说，"你也可以。"

藏在笔袋里
的爱

钱文典笑了。

"二选一,"毕老师摸摸钱文典的脑袋瓜,"要么把自己的笔袋给史贝贝,要么给他买个新的。"

教室里安静极了。每个人都等待着钱文典的反应。

钱文典不吱声儿。

"毕老师,我有一个新笔袋,是亲戚送的,我愿意拿它帮钱文典赔给史贝贝。"班长梅梅说。

史贝贝扭扭屁股站起来,用脏手背擦一下鼻头,伸手把钱文典的笔袋抓起来:"我不要新的,这个就挺好。"

"好什么呀!"钱文典把笔袋夺回去,"你瞧瞧,这灰不溜秋的,边角都有点磨破了,拉链也不好使。"

"可是它与众不同呀。"史贝贝说。

没错，它真是一只别样的笔袋——藏青色的粗布上绣着白色的飞鸟，简单，却很精致。

钱文典认真地说："反正这个不能给你！它是我的宝贝。你知道它是哪儿来的吗？"

"哪儿来的？"史贝贝眨巴着眼睛，一副很感兴趣的样子。

钱文典却闭上了嘴巴。

"不管是哪儿来的，你要是舍不得把自己的笔袋赔给史贝贝，就得花钱给他买个新的。"毕老师说，"谁叫你弄丢他的笔袋？"

钱文典张张嘴巴想说什么，却又咽了回去。

想起早晨那一幕，他心里怪怪的。

当时钱文典来得很早。他刚进校门，同桌史贝贝火急火燎地从后面追上来，把书包往他怀里一抛，说了句"帮我拿教室去"，便夹紧屁股冲向厕所了。

"我看你姓史姓对了。呵呵哈……"钱文典对着史贝贝狼狈的背影笑得前仰后合。

史贝贝要是听见了，一定会给自己改个姓。

钱文典背着自己的书包，提着史贝贝的书包，才走几步，便见教品德与社会的马老师抱着一大捆书吃力地从门口走向办公室。

马老师年过半百，教了三十多年的书，背都有点驼了。

钱文典毫不犹豫地走上去说："马老师，我来帮您拿！"

说着，他随手把史贝贝的书包放在花坛边上，从马老师怀里接过那捆书，乐呵呵地走向办公室。

马老师直起腰，欣慰地笑了。

那是一捆名为《安全宝典》的课外读本,里面介绍了应对地震、火灾等各种自然灾害的科学方法,是政府免费发放给每个学生的。

钱文典把书搁在马老师的办公桌上,便高高兴兴地走向自己的教室。他觉得自己一大早就做了一件小小的好事,整个一天心情都会很好。

史贝贝解决完问题,走进教室,没看见自己的书包,赶紧问钱文典。

钱文典一拍后脑勺,箭一般地冲出教室。

史贝贝的书包还在花坛边上躺着呢。

"还好。"钱文典放下心来,对追过来的史贝贝说,"没人要你的书包。"

"呀!拉链怎么开着?会不会少了什么东西!"史贝贝叫道。

说着,他把书包打开,凑上去朝里看。这一看,他发现自己的笔袋不见了。

"我的笔袋!我的笔袋!"

史贝贝一个劲儿吵,钱文典一个劲儿心慌。

"你怎么连个书包都看不好?为什么不帮我把书包拎到教室去?你是故意的!"

"不是的……"

"你就是故意的!"

史贝贝越闹越凶。

毕老师知道了,就让钱文典"二选一"。

二选一,钱文典感到十分为难。

自己的笔袋,他是无论如何都舍不得赔给史贝贝的。至于掏钱为史贝贝买个新的,那也不是一件容易的事。一个笔袋少说得十几块。十几块可不是一个小数目。

午饭的时候,钱文典心事重重,根本没有胃口。

史贝贝看中了钱文典的猪排,探着脑袋问:"你不吃啊?"

没等钱文典开口说话,史贝贝那双沾满米粒的筷子就伸向了诱人的猪排。

就在筷子距离猪排 0.1 厘米的时候,另一双干干净净的筷子突然出现,将史贝贝的筷子牢牢夹住。

"不可以抢食!"

是梅梅。

史贝贝朝梅梅做猪脸,端起餐盘,转身走了。

梅梅把猪排夹起来放进钱文典的饭碗里:"吃呀。"

"可不可以帮我个忙?"

"说吧。"

钱文典一本正经地说:"借我 20 元,我要为史贝贝买个新笔袋。"

"你打算赔他新的? 你没有 20 元? 你不向家长要吗?"

梅梅的问题像连珠炮。

"不借算了。"钱文典端起餐盘离开。

梅梅紧跟上去:"你不用向我借钱。明天我把家里的新笔袋给你。你拿给史贝贝,就说是你花钱买的,不就行了?"

"不行。"钱文典晃晃脑袋,"平白无故的,我干吗拿你的笔袋? 是我弄丢了史贝贝的笔袋,又不是你。"

梅梅翘翘嘴巴,跑去找毕老师。

"毕老师,您再仔细调查一下嘛,史贝贝的笔袋究竟被谁拿走了?"

"调查得很仔细啦,就是没有目击证人。"

"那钱文典就一定要赔啦?"

"不是让他二选一了吗?"

"他没钱。刚刚想向我借 20 元呢!"

毕老师想了想说:"我找他谈谈。"

钱文典被毕老师请到办公室,心里七上八下的。

"钱文典,你说实话,为什么把史贝贝的书包搁在花坛边,不拿进教室?"

钱文典不说话。他不想告诉毕老师他帮马老师搬书的事。那件小小的好事,他想留在心里。他喜欢把做过的小小的好事,都留在自己一个人的心里。

毕老师从衣兜里掏出钱包,取出一张 20 元面值的人民币,递过去:"给史贝贝买新笔袋。"

钱文典并不伸手接,而是很有骨气地说:"老师的钱我不能用。"

"那谁的钱你才能用?"

"爸爸、妈妈的。"

"那你预备把这件事告诉爸爸、妈妈吗?"

"我还没想好。"钱文典摸摸鼻头,"反正,我会想办法买新笔袋给史贝贝的。"

看他那么倔强,毕老师便不再坚持给他 20 元钱,而是站起来搂住他,语重心长地问:"你为什么不愿意把自己的笔袋赔给史贝贝呢?"

钱文典沉默不语。

放学的时候,史贝贝把一条胳膊搭在钱文典的肩膀上:"嘿,还是把你的笔袋给我吧。你自己再去买个新的用。"

"我给你买个新的。"钱文典说。

"我说过不要新的,就要你的。"

"我说过我的不能给你,就给你买新的。"

看着钱文典认真的模样,史贝贝连忙点头:"好好好……你买新的给我吧。别太贵哦,20元左右就行了。呵呵。"

钱文典默不作声地走回家。

他把储蓄罐里的硬币全部倒出来,数来数去,只有几块钱。要想马上有20元,是一件困难的事。告诉爸爸、妈妈吧,他又觉得没有必要。

他坐在书桌前,把藏青色的宝贝儿笔袋托在手里,仔细地端详着,往事历历在目——

两个月前,这个笔袋乘着火车、邮车千里迢迢来到钱文典身边的时候,他是多么高兴啊。那是素不相识的阿奶在灯下一针一线缝出来、绣出来的。阿奶的孙子叫毛兔,跟钱文典差不多大。大地震的时候,毛兔失去了爹娘,失去了阿爷,也失去了战胜困难的勇气和信心。钱文典许多次把节省下来的零花钱汇给毛兔,经常写信安慰他、鼓励他。这个笔袋,针针线线寄托着阿奶和毛兔对钱文典的爱和感谢。

想到这些,钱文典的鼻子泛酸了。

想着想着,他觉得应该把这个笔袋送给史贝贝。史贝贝既然喜欢它,就一定会珍惜它。只要在懂得珍惜的人的手里,它在谁那儿不一样呢?

决定了以后,钱文典找出了以前用过的铁皮文具盒。

这样一来,他就不用买新的笔袋了,也不用为钱的事发愁了。

第二天,史贝贝还没有到教室,钱文典就已经把藏青色的笔袋放在了史贝贝的桌肚里，连同一些有用的文具。

当钱文典把书包塞进自己桌肚的时候，意外地发现里面也有一个笔袋，崭新的笔袋！

一股浓浓的暖流淌进钱文典的心田。

过了一会儿，史贝贝哼着小曲晃进了教室。

没等钱文典开口，那家伙"啪"地掏出一样东西放在钱文典的课桌上："刚刚毕老师给我的。"

笔袋！史贝贝的笔袋！

钱文典的脑子不够用了。

"咳，我昨天早上书包拉链没拉好，跑得又快，笔袋就从里面滑出来了。一位好心的同学把笔袋送到了教导处。呵呵。"史贝贝有点儿不好意思。

钱文典笑了。

钱包

妈妈居然说我有
虚荣心！

早上出门的时候，妈妈照例问我："钱包带了
没有？"

我懒得回答，只顾穿鞋、背书包。

"到底带了没有？卓卓？"

"带了。"我头也不抬。

我的钱包很漂亮，巴掌大的个儿，乳白色的底
子上印着白雪公主和七个小矮人，拉链是粉红色
的，链扣上面用金属链子缀着两颗蓝色的塑料珠
子。这么漂亮的钱包，我却一点儿都不喜欢。那
是因为它从来没有装过钱。妈妈把它从超市买回
来并且送给我的时候，压根儿就没打算用它来
装钱。

其实，这样的钱包妈妈买了两个，那只印了拇

指姑娘的钱包她自己留下了。她把一些零钱装进钱包，每天带着它去买菜。

而我的钱包里总是只有一张牛奶票。我每天带着它出门，只不过是为了在下午放学回家的路上经过便利店时取一盒鲜牛奶。

自从我升入五年级以来，妈妈不再接送我上学和放学。无论是酷暑还是隆冬，我都必须步行上学，从长江东路经过长江中路一直走到长江西路，再右拐往北，走到长江北路的尽头，才是我的学校。尽管有三十多分钟的路程，但我没有埋怨过妈妈。我知道，妈妈是想锻炼我的体魄和意志，培养我的独立意识。

可是，我觉得自己根本不能真正独立，因为我没有零花钱，一分都没有。这使我感到很自卑，在同学们面前抬不起头来。不是吗？班上谁没有零花钱？他们或许没有我这么漂亮的钱包，可他们有钱，有钱比有钱包重要得多。

我经常想，如果可以的话，我宁愿把钱包卖了，哪怕只卖五毛钱都乐意。我还会经常看着妈妈的钱包出神地想：拇指姑娘啊，你怎么就比白雪公主幸运呢？你可以装钱，白雪公主怎么就没钱可装？

最让人受不了的是每天下午放学后，同路的苏晓梅和闻开齐总是喜欢泡小店，而我只能站在店外等他们。我说他们泡小店一点儿也不过分。这两个人在里面看这个、吃那个，从进门到出来，没有十几二十分钟是绝对不够的。他们当然不会考虑我在外面喝冷风的滋味。其实我也很想进去看看，可我的钱包里没有钱，看了也是白看。不过还好，苏晓梅和闻开齐并不知道我漂亮的钱包里没有钱，他们只是觉得我比较节约而已。要是他们知道真相，我非丢死人不可。

  他们进小店，我等他们；我取牛奶，他们当然也得等我。路过长江中路便利店的时候，我跑进去，从口袋里掏出钱包，迅速拉开拉链，从里面捏出牛奶票，又迅速把拉链拉上。一张牛奶票换了一盒新鲜的纯牛奶。营业员阿姨笑眯眯地问我："还要点儿什么别的吗？"

  我的目光在一大堆吃的东西上面游过，贪心地想：要是我的钱包里有钱，我一定把你们全都买回去。

  尴尬的事情终于发生了。那天，我跟往常一样进便利店取牛奶，就在我拉开钱包的拉链准备取出牛奶票的时候，苏晓梅和闻开齐像鬼一样出现在我的身旁。

  我吓了一大跳。

  "哇，里面好像没有钱耶！"闻开齐好像发现了新大陆，"天哪，卓卓的钱包里居然没有钱！"

  "真的吗？"苏晓梅把脑袋伸到我的下巴尖上，"让我看看，让我看看！"

  我顾不上拉拉链，迅速把钱包塞进口袋，并且用手死死地摁住，然后对他们说："我今天没有钱，不等于昨天和明天都没有钱！"

  那天，我连牛奶都没有取。我回到家，妈妈瞪了我一眼："明天可不能忘记取牛奶。"

  我顺从地点点头。自从两年前爸爸神秘失踪以后，我变得沉默起来，也不愿意跟妈妈顶嘴。妈妈一个人扛起了生活的重担，每天辛苦地奔波在家、菜场和报社之间，回家还有一大堆家务要做，已经很累了，我不能再让她操心。可想到白天在便利店发生的这一幕，我的心里非常难过。

　　我左思右想，计上心来。

　　睡觉前，我看见妈妈正在修改一篇稿子，便端了一杯水走过去。

　　"放在桌子上吧，"妈妈感到欣慰，"你早点儿睡。"

　　我站着，挪不动步子。

　　"妈妈，我求您件事儿。"我终于开口了。

　　"说吧。"妈妈停下手头的工作，"不必用'求'字。"

　　妈妈的态度不错。我变得勇敢了："您能不能给我两个硬币？"

　　妈妈一脸疑惑："你要两个硬币干什么？"

　　我抿了抿嘴巴说："同学们都有零花钱，我却没有。您给我两个硬币，我不会把它们花掉的。我只是想在同学们面前抖抖钱包，让硬币发出清脆的响声，他们就知道我的钱包里也是有钱的。这就足够了。"

　　妈妈沉默了。

　　我补充道："我只是向您借，合适的时候，我会把两个硬币都还给您的。"

　　"哎……"

　　妈妈轻轻地叹息。

　　"您不愿意借吗？"我生气了，"就连两个硬币您都不愿意借给我？要是爸爸回来就好了，爸爸不会这样对我！"

　　我头也不回地往自己的房间里冲，留给妈妈一个任性的背影。

　　第二天一早，我发现妈妈在我的枕边压了一张纸条，上面写着：

一个人睡

卓卓,你对钱的渴望不是来自需要,而是来自你的虚荣心,所以妈妈不能给你钱。

妈妈居然说我有虚荣心!这是女孩子最不喜欢的三个字!不给就不给,凭什么还要羞辱我!我把纸条撕得粉碎。

下午放学的时候,苏晓梅和闻开齐像侦探一样围着我,要看我的钱包。我不愿意,闻开齐就叫苏晓梅抱住我的上身,自己来掏我的口袋。我使出全身的力气甩开他们,气呼呼地跑开了。这么容易地,我失去了两个路伴,就因为我的钱包里没有钱,见不得人。

接下来的日子里,没人再与我同行。每天,我孤零零地游走在街道上,心里不住地埋怨妈妈对我太小气。看着过往的行人,我总希望眼前突然出现爸爸那熟悉的身影。

为了两个硬币的事儿,我对妈妈爱理不理。妈妈似乎觉察到了什么,几次主动与我沟通,我都找借口逃走了。

一个星期天的午后,我趴在小桌上阅读一本故事书,妈妈在一旁整理几篇稿子。我们谁也不说话,周围安静极了。就在我看得入迷时,突然传来一阵敲门声。妈妈起身去开门,我继续闷头看书。

"您是顾红吗?"一个陌生的声音,"四川来的信。"

"谢谢!"妈妈说。

四川来的信!我连忙抬起头,看见一个绿色的背影。

妈妈关了门,笑眯眯地看着手上一个白色的信封。

"是不是爸爸来信了?"我站起来,急切而激动地问,"爸爸在四川吗?"

"不是的……不是你爸爸的来信。"妈妈吞吞吐吐。

"让我看看。"我跑过去想夺过信封。

"小孩子不要管大人的事。"妈妈说着,独自回房间看信去了。

对我来说,四川是个太陌生的地方,据我所知,妈妈没有那儿的朋友,更没有那儿的亲戚。所以我想,那封信说不定是失踪的爸爸写来的,或者它跟爸爸有关。

我傻傻地站在那儿,心里埋怨道:家里就我们两个,有什么事儿不能告诉我呢?

我等待着时机,等待着偷偷展开那封神秘来信的时机。

第二天,我一放学就狂奔回家,想赶在妈妈之前到家,好找出那封信看一看。可是,我失算了,当我"呼哧呼哧"喘着粗气拧开大门时,看见妈妈已经在厨房里忙活了。

那封神秘的来信像一块巨大的磁铁一样吸引着我,强烈的好奇心驱使我半夜爬起来,蹑手蹑脚地走进妈妈的房间。借着窗外皎洁的月光,我屏住呼吸,拉开妈妈的床头柜,从里面摸出了一个封信,然后又悄悄地回到房间。

我关上房门,不敢开灯,怕从门缝下透出的亮光惊醒妈妈。我打开小小的电筒,从信封里取出信纸,迫不及待地展开:

亲爱的妈妈:

请允许我这样称呼您。妈妈,您寄给我的生活费我收到了,这是半年多来您给我的第六笔生活费。我把它们放进了您上次寄给我的那只印着白雪公主和七个小矮人的钱包里。这些钱不仅够支付我上学的费用,也足够维持我今年的生活,请您不要寄那么多了。

妈妈,当我的父亲在一次矿难中失去生命,我的母亲当场猝死的时候,我曾经绝望,也曾经想到过跟随他们而去。如果不是许多好心人及时相助,我恐怕没有生活下去的勇气。妈妈,在那么多好心人里面,最疼爱我的便是您,虽然我们从没见过面,但您在我心中不是亲妈胜似亲妈……

您的四川女儿:蒋月

我的心被强烈地震撼着,捧着信纸的手不住地颤抖,喉咙哽住了,泪水夺眶而出。妈妈给自己的亲身女儿一个没有钱的钱包,却把一个鼓鼓囊囊的钱包给了素不相识的蒋月。她瘦弱的肩膀居然挑起了两个沉重的书包!

我倚在窗前,泪如雨下,思绪万千。虽然这不是爸爸的来信,但我没有感到一丝失望。因为我体会到了,妈妈并不是那么小气的人,妈妈并不是不懂得给予母爱的人。相反,她用她无私的母爱眷顾着两个渴望母爱的女孩。而我,居然被两块钱迷失了双眼,深深地误会和伤害了妈妈。那一刻,往日里妈妈对我的千般好、万般疼全部清晰地浮现在我的眼前,和那柔和的月光交融着,如清泉一般流入我的心田……

我轻轻地按原样折好信纸,又轻轻地把它塞进信封,再次蹑手蹑脚地跑进妈妈的房间,把那封信放回原处。听着妈妈轻轻的鼾声,我在心里默默地说:妈妈,您做得对!蒋月才是真正需要钱包的人,我不需要,不需要……

送你一轮
明月

写完，他笑了。

"嘿，莫禾，你终于回来了。"陶之尧把一个皱巴巴的作业本递给同桌莫禾，"家庭作业已经写在黑板上了，你自己抄一下。"

莫禾并没有看黑板，而是气鼓鼓地坐在位子上咬嘴唇，看上去像是发生了什么严重的事。不过这家伙就这副德行，没事也老拉着脸。

"赶紧抄吧。"陶之尧催道，"抄完回家。"

莫禾抓起作业本，提笔抄起来，完事儿了叹口气，把作业本卷了卷丢进桌肚，拎起书包头也不回地离开教室。

陶之尧一脸茫然："干吗啦？"

莫禾是个内向的人，之前老师指派女生跟他做同桌，结果都做不长久。因为他实在是太酷、太不爱说话了,就连互助学习的时候也一声不吭,就算好不容易说句话,往往也是连吼带叫的。哪个女生受得了?

陶之尧自告奋勇当了莫禾的同桌。他相信世界上没有融化不了的冰。

相处一段时间下来,他和莫禾的关系非常一般。不过陶之尧觉得莫禾并没有女生们传言中的那么冷酷。他也会微微地笑——在陶之尧借给他钢笔的时候,在陶之尧上课答非所问的时候,在陶之尧讲了个无厘头笑话的时候……总之,陶之尧可以见到他的笑容,尽管很难得。

刚刚一定发生了什么不愉快的事,不然莫禾不会对陶之尧不理不睬,连作业本都不要。

莫禾参加的是学校民乐队的排练。每天下午放学前,他都要练一会儿。在整个乐队里,他的角色非常重要,是专拉主旋律的二胡手,可神气啦。为了参加全市的校园音乐会,乐手们已经足足练了一个月。

看莫禾走后,陶之尧把莫禾的作业本从桌肚里取出来,不禁吓一跳,那上面写的是:

为什么会这样?我的世界不再光明。

"他一定受刺激了。"陶之尧自言自语,"而且是很大的刺激。"

他快速提笔,把黑板上的作业要求写在莫禾的作业本上,盘算着路过莫禾住的小区时,拐进去把作业本送给他,顺便问问发生了什么事。莫禾的语文和英语成绩很不理想,要是连作业都不做,他的下坡路会越走越快。

　　陶之尧出了校门,边想心事,边往前奔。因为想得太认真,他踩到了一边站着的某人的脚板。他抬头一看,正是莫禾。

　　"喔,对不起。"陶之尧满脸堆笑,"你怎么站在这儿?"

　　"要你管!"莫禾低头瞅瞅自己的新李宁,没好脸色地咕哝。

　　"咱俩是同桌嘛。"陶之尧呵呵笑,"我是关心你。"

　　莫禾的目光跃过陶之尧的脑袋,停在了校门口:"出来了……"

　　陶之尧顺着他的视线望去,看见隔壁班的李光晃着胳膊走过来。

　　莫禾大步迎上去,冷不丁对准李光的胸口就是一拳,李光在毫不设防的情况下摔倒在地,但又迅速爬起来,和莫禾扭成一团。

　　"打架喽!"

　　不知谁喊了一声,附近的同学立马围过来观战。

　　陶之尧冲过去,试图把两个人分开,但他使出吃奶的力气都无济于事。莫禾和李光就像两只缠在一起的螃蟹,怎么也分不开。

　　穿着制服的学校保安闻讯赶来,吼道:"松手!"

　　两个家伙都扯着对方的衣服,四只脚乱踢,谁也不示弱。

　　"他先动手,应该他先松。"李光的鼻子里喷着怒气。

　　"这小子欠揍。"莫禾瞪圆眼睛,"我偏不松手!"

　　保安铁着脸说:"再不松手,我找你们班主任!"

　　"我们的班主任培训去了。"陶之尧在一旁眉头紧锁,"两个星期后才回来。"

"那就报告校长！"

"别别别，"陶之尧忙说，"他俩是闹着玩儿，纯属跆拳道表演，不是真打架。我保证一会儿就没事，马上就没事。"

说罢，陶之尧靠近那两个家伙耳语："好汉不吃眼前亏，赶紧松手吧，真闹到校长那儿谁都没好果子吃。我喊到'三'，你们一起松手。一、二、三！"

两个家伙总算松手了。

陶之尧松了口气，笑嘻嘻地对保安耸耸肩："您看，没事了。"

"这次饶了你们，下次注意点儿，都是同学，有什么深仇大恨……"保安絮絮叨叨地说着，转身离开。

围观的人也都散去了。

陶之尧拍拍李光的肩膀："你先回去。"

李光整理好凌乱的衣服，满地寻找掉落的纽扣，冤得要命："他凭什么这么欺负人？冲上来就打。"

莫禾动了动嘴唇，欲言又止，抓起地上的书包，头一甩，走了。

陶之尧紧紧地追上去。

"别跟着我！"莫禾不用回头就知道自己后面的尾巴是谁。

"我想知道你为什么要打架，是不是李光惹你生气了？"

"要你管！"

"我怕你难过，怕你们明天继续表演跆拳道。"

莫禾收住脚步，猛地转过身，直勾勾地望着陶之尧，一个字一个字地说："你去问他！"

说完，他飞一般地逃去。

陶之尧嘟着嘴巴站在原地挠头发，心想：李光虽然个头和莫禾差不多,但从不仗势欺人,反而很随和,挺容易打交道,平时很少跟人红脸。这次怎么把莫禾惹了?他们之间究竟发生了什么?是不是因为他,莫禾的世界才"不再光明"?

这些问题像蚯蚓一样在陶之尧的脑袋瓜里爬来爬去,搅得他浑身不舒服。

陶之尧摁响莫禾家的门,开门的是莫妈妈。

"阿姨,我是莫禾的同桌陶之尧,我找莫禾。"

"哦,你好。莫禾还没有回家呢。"莫妈妈有点担心,"怎么?你们早就放学了吗?他会去哪儿呢?"

"阿姨不用担心,可能我走得太快了。"陶之尧笑着说,"再说莫禾不是参加民乐队排练嘛,可能会晚一点。我到楼下等他。"

陶之尧下楼等了一会儿,还不见莫禾的身影,真担心他会出什么事。那句"我的世界不再光明"一直在他脑海里蠕动,使他心神不宁。于是他决定上楼跟莫妈妈坦白,把知道的情况告诉她,和她一起把莫禾找回来。

陶之尧刚想上楼,瞥见莫禾回来了。

"嘿,你去哪儿啦?"陶之尧又惊又喜,"你再不回来我可要向你妈汇报了!"

这次,莫禾没说"要你管",而是歪着脑袋问:"干吗?"

陶之尧从书包里找出莫禾的作业本,递过去:"你忘了带作业本。"

莫禾眨巴两下眼睛,并不去接。

"你是不是心里难过?到底发生了什么事?"陶之尧小心地说,"我希望你快乐。"

"没事早点回家。"莫禾抓过作业本,自顾自地上楼了,脚步声"咚咚"响,震得陶之尧心里七上八下的。

既然莫禾不愿意说,那就找找李光问个明白。

第二天,陶之尧起了个早,特意等候在李光上学的必经路口,还揣上了一个猪脸面包。

晨曦中,陶之尧和李光并排走着,一边分享面包,一边说话。

"李光,莫禾的心情糟透了。你们之间发生什么事了吧?"

"我昨晚想明白了,莫禾打我肯定是因为二胡的事。"李光坦言,"我们演奏的曲子中有一段二胡独奏,在乐队中担任独奏的,当然是首席。每次排练都是我和莫禾轮流担当首席。但正式演出,首席只能有一个,要么是我,要么是他。昨天排练结束的时候,老师敲定我做首席。"

"哦,"陶之尧咂咂嘴,"这对莫禾来说是个很大的打击。"

"我知道。"李光说,"他是那么喜欢二胡,只有在拉二胡的时候,我才能感受到他的热情。这次……我对不起他。昨天排练结束时他跟老师说以后不参加练习了,他是真的伤心。"

"啊?"陶之尧愣在那儿。

"其实他非常喜欢《光明行》这首曲子,说不参加演奏是赌气。"

"《光明行》? 你们演奏的是《光明行》?"陶之尧点点脑袋,"怪不得……"

他似乎明白了莫禾写在作业本上的那句"我的世界不再光明"的含义。

是的,对莫禾来说,做不成《光明行》的首席二胡,心里的希望落空了,面子上也挂不住,眼前自然感到黑暗。他是那么倔强,又是那么脆弱,脆弱得经不起一丁点儿挫折,哪怕那根

本算不上是挫折。

　　陶之尧沉思着，决心帮帮莫禾。

　　莫禾走进教室的时候，陶之尧笑眯眯地望着他。

　　"莫禾，我有一个请求。"

　　莫禾瞟了他一眼："打架还是揍人?"

　　陶之尧小声地说："你是我的好朋友，我想邀请你今天放学后去我家吃晚饭。"

　　"啊?"莫禾怀疑自己的耳朵有问题。从小到大好像没有哪个同学请他去家里吃过晚饭。

"我是诚心邀请,你答应我吧。"陶之尧一本正经地说。

"是不是……过生日?"莫禾的语气有点冷,"你想骗我礼物?"

陶之尧连连摆手:"不是的不是的,不是过生日。我把你当哥们,就想请你去我家玩儿。你要是不答应,我会难过的。"

"就我一个?"

"就你一个。"

"你的爸爸、妈妈同意吗?"

"肯定同意。"

莫禾没再说不,陶之尧高兴起来。

放学前,莫禾果然没去参加民乐队的排练,而是坐在那儿背课文。那是很有层次的一段景物描写,他背了好一会儿,还是背得疙疙瘩瘩。

他的心思不在课文上,而在乐队里,在《光明行》的旋律里。

陶之尧把莫禾带回家。那是一幢年久失修的公寓,外墙是光秃秃的灰色水泥,窗子上按着老式的小方块玻璃,遮挡着生锈的铁窗栏。

莫禾有些吃惊地跟着陶之尧,看他取出钥匙,把底楼东边的门打开。

屋子很小,有一种阴暗、压抑的感觉,空气中还弥漫着浓重的蒜味儿。

莫禾很惊讶。在他的想象中,陶之尧一定生活在崭新的、现代化的有着高大落地窗的房子里,里面有四季常青的盆景,有床一般大的沙发,还有干净得能反光的茶几。因为,陶之尧是那么无忧无虑、那么活泼可爱。这样的人，应该出自一个幸福的家庭。

然而，谁说屋子小了就不幸福呢？

"尧尧回来啦？"

一个声音从厨房里传来。

"是的，妈妈我回来了。"

陶之尧把脑袋伸进厨房。

莫禾也跟着把脑袋伸进厨房。

他更呆了——陶妈妈坐在轮椅上，费力地抬着胳膊翻炒锅里的蒜，那些小段小段的蒜泛着青色的光泽，宛如翠玉。陶妈妈的脸上挂着笑，身后是腾着热气的饭锅。

这个场景似乎有些伤感，但又是那么温馨。

"妈妈，他是我的同桌莫禾，拉二胡特棒，我特佩服他！"陶之尧甜甜地笑。

"是吗？莫——禾。好名字！"陶妈妈的眼睛笑得弯弯的。

莫禾被强烈地震撼了："阿姨，您，您辛苦了！我能帮您……做点什么吗？"

"不用不用。在这儿吃晚饭哦。一会儿就好。"

莫禾动动嘴巴，不再说什么。他觉得任何语言在这一刻都是苍白无力的。他忽然感觉自己非常渺小，心被揪得紧紧的。

陶之尧把莫禾带进卧室，指着写字台上码放得整整齐齐的书说："找找看，有没有你喜欢的书，有的话拿去看。"

莫禾不吭声。

陶之尧把写字台的抽屉全部打开："看有没有你喜欢的小玩具，我愿意送你两件。"

莫禾还是不吭声。

"你怎么啦?"陶之尧担心道。

"陶之尧,你快乐吗?"莫禾忽然问。

"快乐啊。"

"我之前不知道你……妈妈的状况。你爸爸……还没下班吗?"

陶之尧抿抿嘴唇:"他,不会回来了。"

"对不起。"莫禾搂住陶之尧,"对不起。"

这是莫禾第一次主动搂同学。

"干吗呀!"陶之尧大大咧咧的,"你是不是觉得,没有爸爸,妈妈又坐在轮椅上,我的日子就没有光明、没有快乐?"

莫禾沉默了。

"其实快乐还是不快乐,都在人的心里。只要自己心里愿意快乐,就会感到快乐。很多时候,不快乐是因为忽略了快乐的理由。"陶之尧像一个哲人,"快乐的理由无处不在哦。"

莫禾觉得自己很惭愧。

三个人的晚餐很简单,但是很幸福。

夜幕降临的时候,莫禾回到家,打开作业本写作业,瞥见本子上赫然画着一颗红色的心,边上打着一个大圈,圈里面写着一行字:

　　　　送你一轮明月,伴你一路光明行。

这是陶之尧的笔迹。说是送明月,画的却是心,莫禾的眼眶湿润了。

　　他找来一张卡片，同样画上一颗心，在旁边端端正正地写上：

　　　　也送你一轮明月，愿你的世界永远美好。

　　写完，他笑了。

最美的过客

正如我记忆中的你。

你说人生就像一列火车，不断有人上下，相遇的人都是彼此生命里的过客。感谢这列懵懂的火车让我遇见你，如果我注定是你生命里的匆匆过客，那么我希望，我是最美的那个。

——题记

樱挖了一篮子竹笋，小心翼翼地抱着朝楠走去，校服掩盖不了她活泼甜美的气质，而那张美丽非凡的脸像桃花一般动人。

我默默地站在一边，看楠把樱的那篮子竹笋收下，又把自己喝过的矿泉水拿起来，拧开瓶盖递过去。

樱一扬脖子，喝得酣畅淋漓。

有个哥哥真好。

"妍,你挖的竹笋呢?"樱隔着一垄油菜花地大声问我。

我有些木讷地摆摆手,指指脚下:"脚扭到了。"

"啊？怎么会这样?"

樱转身对楠手舞足蹈地描述了一番,楠就沿着田埂朝我奔来,像一匹健硕的马儿。

风夹着油菜花的味道吹过我的身体,阳光涂亮了我的指甲。我搓了搓手,很努力地直起身子,不让楠看出自己有多狼狈。

他在我面前站定,又蹲下去,提起我的裤管,用手轻轻捏了捏我的脚踝。

我龇着牙叫起来。

楠猛地站起来背对着我,蹲了个结实的马步。

我伏在他宽大的后背上,大脑一片空白。

楠背着我走过油菜花地,走过小小的竹园,又奔向他的单车……

"哟,哥哥,不错嘛！像妍这么瘦小的女生,从南极背到北极,你都不会累吧?"樱在后面打趣儿。

"不会累。"楠大声回答,"从 16 岁背到 61 岁都不会累!"

这句话差点儿把我击晕。

这是在告诉我,他愿意做我一辈子的好朋友吗？可是,前几天我才得罪过他,我以为他再也不会理我了。

事情因我而起。

晚自习进行到一半,我便把数学试卷马马虎虎地对付完了。环视教室,没发现班主任的影儿,我就从桌肚里摸出借来的杂志,争分夺秒地翻起来。

"妍,看完了给我。"樱撞了一下我的胳膊,"我等会儿在被窝里打手电筒看。"

"你可以明天看啊。"我说。

"着急嘛!"樱说。

最新一期的《萌芽》,上面有我喜欢的作家最新的小说。哇,太珍贵了! 每一个字都不能浪费,我得细嚼慢咽,用心品味。

我正看得起劲,胳膊又被撞了一下。

我转过脸,看见樱歪着嘴巴向我眨巴眼睛。

我吸吸鼻子就知道,班主任来了。

首先我的表情僵了,紧接着我的整个身体不能动弹,最后我的大脑似乎也失去了运转的能力。

没有任何挽回的余地,这份了不起的杂志被班主任收走了,一同被带走的还有可怜巴巴的我。

我经过讲台的时候,用悲催的目光瞥向大家,大家用无比同情的目光送了我一程。我感觉自己有如奔赴刑场一般悲壮和凄凉。

班主任请我在她对面的椅子坐下,向我连环发问。

"不是强调过很多次了吗? 不要把与学习无关的书籍和杂志带到学校里来,你难道不知道?"

我点头,又摇头。

"为什么在晚自习上看杂志?"

"因为我不想等到半夜在被窝里打着手电筒看。"我在心里嘀咕。

"这不是你一个人的事情,周围的同学都会受到干扰和影响。初三啦,不是小学三年级,你知道不知道形势越来越严峻?"

我闷着头不吭声。

班主任吁了口气,"这本杂志哪儿来的?"

我当然继续保持沉默,总不能把好人给出卖了吧?

"那没办法了,就请你向全班同学检讨吧。"班主任使出绝招。

"杂志不是我的,是楠的。"我没能管住自己的嘴巴,因为我不想向全班同学检讨。

接下来的事情可想而知,班主任把楠请了去,楠交代了每个月购买《萌芽》的事实,并且写下长达813个字的检讨书。

楠从班主任的办公室出来的时候,樱去接他。我远远地跟在樱的后面,看见楠大步走过来,我使劲儿咬了咬牙,却还是没有勇气迎接他的目光,只好选择逃避。

我知道,我的出卖伤害了楠,事实上也深深地伤害了我自己。我心虚,我忐忑,我羞愧……我讨厌那个出卖了楠的自己。

当楠擦着我的胳膊走过的时候,我总是无地自容地转过脸去,就连呼吸都变得小心翼翼。

我不知道他看我的眼神是不是夹杂着愤怒和鄙视,反正我不敢正视他。

对不起了楠,这么好的杂志,樱都没有看,你第一个借给我,我却残忍地出卖了你。如果一切可以重来,我宁愿向全班同学检讨,也不会选择把你供出来。

这个结恐怕很难打开了。我对自己说。

樱看出了我的心事,托着下巴天真地告诉我:"妍,楠不会跟你生气。"

"不可能。"我说，"他又不是神仙。"

"我说不会就不会，哪有妹妹不了解哥哥的?"樱晃晃脑袋说了句意味深长的话，"他喜欢你。"

我被吓得一愣。

然后便是樱特意安排的郊游——一伙人热热闹闹地去看油菜花，去挖竹笋。

哪曾想我心不在焉地把脚给扭了……

"妍，咱们得去医院拍个片子。"楠把我放在他的单车的后座上，"要是伤到骨头，你就可以赖在家里不去上学，做一个幸福的机器人啦!"

"啊? 机器人?"我听不懂。

楠咧开嘴巴笑:"饭来张口，衣来伸手，是不是机器人啊?"

"好啊! 你咒我!"我朝他嘟起嘴巴，"我的骨头肯定没事! 不许你胡说八道!"

这是杂志事件后我们第一次说话。

樱的那句"他喜欢你"像一贴良药，轻轻地驱散了我对楠的愧疚。每每想到这四个字，我的心就会跳得毫无章法:是震惊，是慌乱，是迷茫。

楠，我没有想过你会喜欢我，正如我没有想过会喜欢你一样。你说过，人生就像一列火车，不断有人上下，相遇的人都是彼此生命里的过客。那么，过客和过客之间，如果喜欢来、喜欢去，是不是会徒增许多不必要的麻烦呢?

不用喜欢，也不必装陌路，我们认识就已足够。这样我才能以轻松的心情对待整个旅程，才能在看着你下车的时候大大方方地挥手，在下一个过客上车的时候能够坦然相迎。

可是,为什么我的脑袋这么想,我的心却固执地兴奋、欣喜地跳动?

楠,我该怎么办?

"妍,抓住我的衣服。"楠的车已经沿着小路缓缓向前,"不然你会摔下去,到时候就真的是个机器人了!"

我试着抓住了楠被风吹得鼓起来的衣服的下摆。

"如果你不介意的话,可以抱住我的腰。"楠把单车骑得飞快,"樱坐我的车的时候就是这样的。"

这家伙还真得寸进尺。

我才不。

"嘿,白鹭!"楠突然一个急刹车,双脚点地,指着不远处的一个湖,"妍,看见了吗?"

我差点儿摔下去,下意识地用手挽了一下他的腰,但马上又怯怯地放手,感觉自己的面颊滚烫滚烫。

慌张之余,顺着楠的目光望去,我看见了那只白鹭。它正停在湖边的新泥上,轻扇羽翼,昂首远望。

"花开红树乱莺啼,草长平湖白鹭飞。"楠念完古诗,转过脸甩一下额前的三七分斜刘海,露出一口洁白的牙齿,眼睛眯成一条缝,"妍,下一张车票,我们买同一个站点,好吗?"

这算是约定吗? 一起升入心仪的高中? 然后……等待我们的是更多、更美的约定……

我的心又跳得不受控制了。

"瞧,白鹭飞起来了!"我大声喊着,以分散自己的注意力。

"走咯!"楠身子往前一拱,单车又飞起来。

"哇,哥哥你等等我!"樱在后面使劲儿追,"妍,叫我哥哥等等我!"

"哈哈,不等你!"我朝她做猪脸,"哈哈哈,就不等你!"

笑声伴着车铃声绕过大片大片的油菜花……阳光像追光灯一样追着我们的单车奔跑,我的心晴空万里……

谢谢你,楠!你的气度、你的好,会成为我16岁年华里最美好的回忆。

可是,我也许没法跟你买同一个站点的车票。

我是你生命中匆匆的过客。

油菜花仓促谢幕,杜鹃映红了整个南山坡。

中考的日子越来越近,每个人都拿出百倍的努力鏖战题海,就为了给自己博一张夺目的重点高中的车票。

"妍,你要加油哦。"樱俏皮地把脑袋靠在我的臂膀上,"我们三个一起上沿江高中,那儿的理科班是全市最好的。"

"嗯!"我重重地点头,像是给了樱一个保证,让她把这个保证传递给楠。

迎考的日子除了忙碌就是紧张,没有其他任何关键词。

可是我的物理和化学成绩真的不怎么样,我只有拼命地做练习……在做练习的间歇,当我从题海中抬起疲惫的双眼,迎接我的总是楠明媚的笑脸。隔着过道,他朝我眨眼睛,朝我打胜利的手势。

我只有更加努力地投入战斗……

然而还是发生了意外。

六月的阳光倾情挥洒,芍药恣意绽放,我被班主任喊进了办公室。

"妍,你听到同学们的议论了吗?"

"什么?"我慌张地试探,"什么事情啊?"

"他们说,你和楠走得很近。"

"他们胡说。"

"这世上没有空穴来风。"

我没有再说什么。在这么敏锐、这么精明的班主任面前，多说一句都是自取其辱。

"很快就要中考了，你的目标是外国语学校，那儿的文科班是全市最好的。别分心，好好把握，别让机会白白溜走。"班主任最后说。

我机械地点点头，转身离开。

班主任的话似乎贴在了我的耳根，像复读机似的时时回响，唤醒了我的记忆。是的，外国语学校才是我的奋斗目标，去那儿上全市最好的文科班，然后冲刺理想的大学，正是我一直以来的梦想。我怎么能被一个小小的约定冲昏了头脑，为一个傻傻的楠扰乱了阵脚？

可怕的三天终于到来，然后风平浪静地结束。

在等待分数的时间里，我每天抱着膝盖坐在客厅的落地窗前，看楼下小花园里紫薇的花苞一点一点地酝集力量，为绽放做最后的准备。

"妍，我们去南山坡下野炊吧？"樱打来电话，"就我们三个。楠说有礼物送给你。"

"我不去。"我迟钝地解释，"分数还没出来，哪有心思玩儿？"

"礼物也不要吗？"

"不要。"

违心的回答让我感到自己很可怜。可我又能怎么样呢？

楠，不管等待我的是一个怎样的分数，我都不可能和你买同一个站点的火车票了，我们就此分道扬镳吧。好庆幸有一

一个人睡

个做班主任的妈妈,在关键的站点提醒我不能上错车。

　　楠,我注定是你生命里的匆匆过客,只是,你可知我有多希望,我是最美的那个。无论经过多少年,无论后来你遇见了多少过客,我的美丽都不会在你的记忆中湮灭。正如我记忆中的你。

我需要你

他再也没有力气唠叨。

当你站在我身边时，我曾经多么讨厌你佝偻的身体、你看我的眼神和你喋喋不休的唠叨，甚至想抖擞精神和你作对。而当你终于无力地躺下，我才恍然大悟，原来那是人世间最伟岸的身躯、最深情的注视和最珍贵的叮咛。

——我需要你

"今天无论如何要给你买羽绒服。"

"我说过不要。羽绒服有鸭臭味儿。"

"我偏要给你买。"

"买了我也不穿。"

他气得鼻孔呼呼地喷气，一手叉腰，一手指着身边过往的人："瞧见没？满大街的人都穿羽绒服,都没闻到鸭臭味儿,你小子秀气什么呀?"

他说完,把我拽进旁边的一家羽绒服专卖店。

我站在羽绒服堆里透不过气。

他在那儿挑选羽绒服的时候,我把 MP4 掏出来听歌。

他喊我过去试穿,我倚在店门边装聋作哑。

僵持了好一会儿,他干脆脱下外套,把一件深蓝色的羽绒服穿在自己的身上,对着镜子左看右看。我扭过头去看大街。

耽搁了好一会儿,他终于从收银台那边走过来,塞给我一个鼓鼓囊囊的塑料袋:"拿着。明天降温,不穿会冻死的。"

我撇撇嘴,不声不响地拎着塑料袋走出小店,顶风而去。

他跟在我的后面,一边唠叨着天气,一边咳嗽,像是一个病重的老人。

事实上,他不过四十出头,长得还有几分帅气,骨子里透着些许豪爽。可惜他在牢狱里生活了多年,被磨光了棱角,还折腾出了一身的毛病。

路过鲜花店的时候,我停住了脚步。

他紧挨着我停下。

"买一束吧。"我望着花店里成簇的鲜花。

"等发了工资。这个月开销紧了点。"

"买便宜的。"我转过脸望着他,"我妈妈喜欢鲜花。"

他显得有些犹豫。

我摸摸裤兜,抛出仅有的两枚硬币,要了一支红色的康乃馨,然后护着花儿大步流星往前走。

风在耳旁"嗖嗖"地过,我迎风而行,不禁有了一种穿越时空的错觉。

——多么温暖的晌午,妈妈牵着我的小手走在洒满阳光的街道上，我们穿梭在热闹的人群里，穿梭在香甜的年味里，穿梭在对来年的憧憬里。

"妈妈，我要一辆玩具车，迷彩的！"

"好哇！妈妈给牛牛买玩具车，还要给爸爸买新衣服。"

"爸爸在哪儿？"

"在不远的地方。"

"他怎么不回家？"

"等到牛牛上中学，爸爸才回来。不过呢，今天妈妈要带牛牛去见爸爸，给他送过年的新衣服。"

"好哇好哇！"

妈妈拉着我从这家店逛到那家店，逛遍了所有的服装店，终于买到了她认为适合爸爸的衣服。没错，那是一件羽绒服，巧克力色的，还带一个镶了毛边的帽子，两只衣兜特别大，上面各镶有一圈橘色的细边。

"这可是正宗的鸭绒服，你闻闻。"妈妈笑眯眯地把衣服捧到我的下巴尖上。

我闭着眼睛把鼻子埋进衣服里使劲儿吸。

然而，当我抱着羽绒服跟着妈妈去见爸爸的时候，不幸的事发生了。

我永远记得那个巨大的车轮，永远记得那刹车声，永远记得妈妈用自己的身体把我挡在车轮外的情景，永远记得妈妈那一眼最后的凝望，还有那一朵最冷、最热的泪花。

我抱着羽绒服跪在妈妈的身旁，感觉全世界只剩下了我一个。

从此，我不穿羽绒服。

我闻不得那个味儿。

"牛牛,"他突然拍我的肩膀,"你先回去,爸爸还有些事
儿。碗柜里有饭、有菜,你自己热一下,吃饱就复习功课。马
上就要期末考试了。"

"知道。"

我冷冷地应着,看着他瘦弱的背影融入人群。

都这么晚了,煤场里还能有什么事儿? 无非是打打牌。

本性难改啊!

半年前,他刑满释放,走进了我的生活,给予我的不是快
乐,而是羞耻。本来我初中的同学们都不知道我有个这样的
爸爸。他一出来,一传十、十传百,大家都知道了。本来我无
忧无虑地生活在姑妈家,他一出现,烦恼统统找上了我。

一个小小的套房,一对没有感情的父子,两个倔强的男
人,怎么相处?

唯一让我感到温暖的,是柜子顶上摆放着的妈妈的照片。
那张照片是面对着墙壁放的,我只能看见米色的相框的背面。

我没有勇气将照片翻过来,因为,每一次注视妈妈的眼
神,我都有一种深深的自责和心痛。我无法原谅自己夺走妈
妈的生命,如同无法原谅爸爸因为赌博打架而被关进大牢
一样。

或许他不在我6岁的时候坐牢的话,妈妈就不会走了。

这么想着,我觉得身上一切的不幸都是他造成的。

我把红色的康乃馨摆放在妈妈的照片下,默默地伸出衣
袖,把相框的背面擦了又擦。

然后我把碗柜里的冷饭、冷菜统统端出来,大口大口地
吃。冷一点、硬一点算得了什么? 最近一段时间,我已经习惯
了一个人吃这样的晚饭,习惯了没有他的夜晚。

这样也好，省得听他唠叨。

但我真的看不惯他再去赌。

第二天清晨，我起床后，感觉很冷，缩手缩脚地拧开水龙头准备刷牙，却发现停水了。一筹莫展之际，看见他从外面进来，提了满满一桶水。

"水管冻住了。我到楼下打了点井水，还是温的呢！你尽管用。"

我不说话，只顾自己洗漱，然后提起书包去换鞋。

"你干吗？不吃早饭怎么能出门？我下了面条，吃了再走。"他把头探出厨房。

"不了。今天我值日，得早点儿去。"我随口编了个理由。

"那也不行。"他端出一碗热气腾腾的葱花面，"快来吃。"

"来不及了。"我转身而去。

"小子！你怎么没穿新买的羽绒服？"他在我身后喊，"不是跟你说今天降温……"

跨上自行车，刺骨的寒风立刻将我紧紧包围，我倔强地咬着牙，一路飞奔。

"嘿，李老师有请。"齐齐走过来说，"哇！赵子牛你真牛，冻死人的天都不穿羽绒服！"

"我不冷。"我说。

"快去啊，别让李老师等急了。"齐齐挑挑眉毛。

这家伙仗着自己是语文课代表，神气得跟齐天大圣似的。

我大大咧咧地走进李老师的办公室。

"赵子牛，你的作文写得很感人。"李老师把我的作文本翻出来给我看，"但是你把体裁弄错了。我要求写记叙文，你写成了一封信。你看，你可不可以稍微修改一下……"

"这种题目就应该写成一封信。"我说。

这次的题目是《＊＊，我想对你说》。

"可是，这是全市组织的征文竞赛，说清楚了不可以写成书信，你还是改一改吧。"李老师说。

"不改。"我坚决地说道。

那是我写给妈妈的信，怎么可以随便改？

"你不改，我帮你改。"

"不要！"

"赵子牛，你怎么可以这么对李老师讲话？"齐齐正巧进来交作业。

"要你管！"我朝他吼。

"你凶什么嘛！没家教！"

"你说什么？"我被他的话刺痛了，"你再说一遍！"

"你这么跟李老师说话，就是没家……"

"闭嘴！"没等他说完，我就一把扯住他的胸襟。

我们俩扭成一团。同学们都来看笑话，笑我没家教。

理所当然地，爸爸被李老师请到了学校。

他穿着沾满煤灰的褪了色的浅蓝色工作服，手和脸都没有洗，就气喘吁吁地赶来了。他走进李老师办公室的那一刻，竟然像个小偷一样佝偻着身体，眼神恍惚，表情僵硬，没有一点儿作为父亲的阳刚之气。

看着他在李老师面前"嗯嗯"地只会点头，我恨不得找个地洞钻进去。

末了，他对我说："你今天不要上学了，跟我回家反思去。"

这样也好。我巴不得快点儿离开这个学校，离开那些奇怪的眼神。

那么多老师和同学看着他缩着身子和我一起走出教学楼,我觉得自己的脸都被他丢尽了。我甚至在想,他如果还待在牢里面,那该多好。

可我跟在他的后面,听他咳嗽,看他穿着单薄的帆布鞋大步地走,又觉得他有些可怜。

可怜之人必有可恨之处,不是吗?

"我要转学。"我一屁股坐在家里唯一的一张旧沙发上,气鼓鼓地说,"寒假过后就转。"

"你小子出息了是不是? 顶撞老师,跟人打架,回家不思悔改,居然还想转学? 转学! 你知道择校有多难吗? 你知道择校费有多贵吗?"

"你有钱去赌,怎么没钱交择校费?"我说,"你要是不去赌博,就不会进监狱;你不进监狱,妈妈就不用给你送新衣服……你害死了妈妈,也害惨了你自己,害惨了我! 我不需要你做我的爸爸!"

他双眉紧皱,憋红了脸,猛地举起右掌——

我闭上眼睛等着。妈妈是为了保护我才被车轮夺去了生命,但我愿意把这一切归结到爸爸的身上。仿佛只有这么想,我心里才会舒服一些。

"啪"的一声,巴掌没有落在我的脸上,而是落在了他自己的脸上。

他的眼睛里满是泪水。

我夺门而去……

姑妈收留了我。

"两块顽石凑在一起,互相碰撞,互相打磨,没个够。"姑妈说,"你这做儿子的怎么就不能服服软?"

我不说话。

接下来的日子平静又恍惚。教室里的情形没我想象得那么可怕，再也没有人当面指责我没家教，也没有人对我指指点点，仿佛大家都有了一颗包容的心。

几天后，李老师找我谈话。

"赵子牛，听说你住到姑妈家去了，这多伤你爸爸的心啊！你爸爸的事情，我们也都知道……"

"不要提他。"我打断她，"谢谢你关心我。"

我说完，甩甩胳膊走开了。

仿佛只有这样拒人于千里之外才能显示出我的分量，才能保全我仅有的一点自尊。

期末考试结束了，我用优异的成绩为自己赢得了地位和尊严，全然忘记了在那个小小的套房里，还有一个老头儿一样的爸爸。

突然有一天，姑妈告诉我，他的咳嗽变得很严重，医生说情况不好。

于是，我心乱如麻地跟着姑妈回到他的身边。

他憔悴地躺在床上，见到我，却两眼放光。

"你该去挂水。"我说。

"医生开了药，吃药就好。"他说。

我不得不留在家里照顾他。

我依然受不了他那总是盯着我看的眼神。然而在他熟睡的时候，看着他眯缝的眼睛，我忽然又担心他不会再醒来。

我把妈妈的照片翻过来，让它正面对着我，求她保佑他，不要带走他的生命。

这是他出狱后，我第一次愿意正视自己对他的感情。

他终于好起来了。但他依然对我喋喋不休,强迫我吃荷包蛋,不许我去同学家玩儿,还一定要我穿羽绒服。

我偏不听。

我们又斗起来。

而我也终于无法忍受他的晚归。

我想知道他会去哪儿赌博,跟哪些人交往,我害怕他再将自己送进高墙里。一天傍晚,我在煤场等他下班,然后悄悄地跟着他……他走进一家大型歌厅,不一会儿就换上保安服出来了,站在门外的冷风里,用笨拙的动作指挥人家停车。

我的心被震撼了。

被我视为赌徒的爸爸,竟然用病弱的身体包揽了两份辛苦的工作,白天、黑夜连轴干。这么做仅仅是因为他知道自己是个父亲。

我拼命地跑,跑回家穿起他给我买的深蓝色的羽绒服,再把那件被我藏在柜子底下好多年的巧克力色的羽绒服找出来,给他送去……

可是我的改变并没有带给他太大的力量。他又病倒了。

医生不会告诉我真相,但是我知道,他要走了。

新年的钟声就要敲响,阳光很好,外面的气氛也很好。我把旧沙发搬到阳台上,扶他坐下来晒太阳。

"爸爸,"我抓着他的手对他说,"我需要你。"

他再也没有力气唠叨,只是微笑着点头、落泪。

谢谢你嫉妒我

她在心里撤了他的职。

班主任章老师宣布本周"班级之星"的时候，教室里安静极了。

只有一周内各方面表现最好，加分最多的那个人，才能被评为"班级之星"。

我期待着。

"本周班级之星——赵天慧。"章老师笑呵呵地望着我，示意我上去领封面上盖了学校公章的软面抄。

我已经有了4本这样的软面抄。每次拿到它，我都特别高兴、特别激动、特别神气。我舍不得用它们，把它们藏在写字台的抽屉里。我想，等我三年初中过后，软面抄一定会塞满整个抽屉。

那该多么令人羡慕啊！

"赵天慧请客!"一放学,小雅就冲过来敲竹杠。

"老规矩。"我很乐意,"印度飞饼!"

"好哇好哇!"小雅开心得晃脑袋。

我瞥见后座的周洁闷着头不说话。

"嘿,周洁,一起吃印度飞饼去。"我敲她的课桌。

"不是吃过好几次了吗? 不腻啊?"她看看我,微微笑一下。

没错,好像每次我被评为"班级之星",都是请她和小雅吃印度飞饼。

"要不,去吃麻辣烫?"我提议。

"嗯,也好! 我好久没吃麻辣烫了!"小雅乐呵呵地鼓掌。

周洁抿抿嘴巴,把书包甩到肩膀上:"你们去吧,我想早点儿回家。"

"耽搁不了多少时间……"

"是啊!"

她自顾自地往外走,把我和小雅甩在教室里。

"周洁怎么了?"我不解地问小雅。

"谁让你提麻辣烫?"小雅嘟起嘴巴,"你忘了? 每次周洁被评为'班级之星',都请我们吃麻辣烫。这周'班级之星'不是她,而是你,你还说吃麻辣烫……"

"可这有什么关系呢?"我耸耸肩膀,"印度飞饼或是麻辣烫,不都是吃吗?"

"吃什么没关系,但是谁获得'班级之星'就有关系了。"小雅说,"本来你和周洁都获得过 4 次,这周下来,你比她多了一次。她当然不高兴啦。"

"她不是那种小气的人啊……"我说。

"也许……"小雅拱拱鼻头推我,"走咯,去吃麻辣烫!"

周洁扫兴的转身、小雅敏感的分析都使我有些不快乐。原本我们三个是很玩得来的姐妹,现在……咳!

其实想要成为"班级之星"也不是一件难事。一周内,每次英语和语文默写全对,数学作业全对,再加上每堂课积极举手发言,就能加很多分。分数最高,就是理所当然的"班级之星"啦!

细细想来,过去的一周,周洁各方面的表现并不在我之下,她英语默写的分数甚至比我高出 2 分,但她的总分比我低6 分,因为她上课回答问题的次数没我多。尤其是英语课上,我一个劲儿地举手,英语老师一个劲儿地请我回答,我的问答分自然就遥遥领先啦!

为了安慰一下周洁,吃完麻辣烫,我一回到家就给她打电话。

"嗨,周洁,在干什么呢?"我笑嘻嘻地问。

"接你电话。"她不冷不热地说。

"嗯……你知道吗? 因为你的缺席,今天的麻辣烫一点儿都不好吃。"

"不会吧?"

"加油哦,希望下周你可以被评为'班级之星'。"我由衷地说。

"无所谓。"她说。

我能感觉到她很不高兴。但我倔强地认为,她的不高兴跟"班级之星"无关。她应该是有其他不高兴的理由吧。

然而是什么理由呢?

一晃到了周五。班会课上,章老师笑眯眯地对大家说:

"学校团委准备在初一新生中发展一批共青团员,我们班有3个名额。这节课呢,我们就搞一个民主推选。"

教室里热闹起来。早就听章老师说过入团有多么光荣,这次机会终于来了,大家能不激动吗?

"通过全体任课老师的认真商量,综合大家开学以来的种种表现,我向你们推荐5名候选人。你们可以在这5名候选人里面选出3名,也可以另选他人。这5名候选人是——"

我们的耳朵全部竖起来。

"赵天慧、周洁……"

我的心儿跳得飞快。

投票的过程虽然简单,但大家都很郑重其事。我毫不犹豫地在白纸上写下周洁的名字,然后才是我自己的名字……

等待推选结果的时候,我转身朝周洁微笑。真希望我们俩都能被选上。

她抬着脖子只顾看讲台上忙着唱票、计票的同学,对我的笑脸视而不见。

看来,小雅的分析是对的。

我有些难过。

结果出来的时候,我就更难过了。因为,最终5选3选出来的名单中,没有周洁的名字,而我的名字排第一。

祝贺的掌声响起来,我感到兴奋,也有一丝淡淡的失落,以至于没有勇气转过头看周洁。我知道她一定拉着一张失望和沮丧的脸。

下课后,小雅跑过来祝贺我:"赵天慧你好厉害哟!居然得票数最高!恭喜恭喜,赵团员!"

"可不能叫我'赵团员',多难听啊!"我抗议。

"很动听啊——"周洁突然酸酸地插过来一句,"赵团员。"

"呵呵……"我对她傻笑。

周洁叹了口气:"咳,我要是有个做副校长的爸爸,也一定是'周团员'了。"

她说完就走开了。

我站在那儿不知所措。

是的,我的爸爸是这所学校的副校长。但是,我从来不愿意把自己的优秀和他的身份联系起来。他做他的副校长,我读我的书,我们都认真地做着自己应该做的事,我并不认为我沾了他什么光。

然而这次,周洁说出了我最无法忍受的话。

这句话一下戳穿了我心里的那层纸,戳痛了我。

我总是回避的一个问题终于冒出来了——的的确确,我沾了爸爸的光。他要不是副校长,课堂上老师怎么会一个劲儿地请我回答问题?我是因为这个加分多了,才被评为"班级之星"的。如果我不是得了5次"班级之星",怎么会有资格被列为5名入团候选人中的第一名?同学们怎么会推选我?

这么想着,我的脸发烫,心儿纠结起来,像是做了小偷。

傍晚,我一个人坐在写字台前的台灯下,把抽屉里的软面抄一本一本拿出来看,越看心里越不是滋味儿。为什么我是副校长的女儿?如果我的爸爸不是副校长,老师就不会这么关注我了吧?老师就会对我举起的手视而不见了吧?我就可以凭自己的真本事和周洁来一场公平的竞争了吧?那样的话,我就不会被她瞧不起……

想着想着,我的眼睛湿润了。

星期一一大早,我鼓起勇气去找英语老师。

"老师,我有件事情求您。"我竟然用了"求"这个字。

英语老师被我吓了一跳:"发生了什么事?"

我一个字一个字地说:"请您以后别总是叫我回答问题。"

"请你回答问题不好吗?"

"就是不好。拜托了。"

说完,我赶紧逃走。

回到教室再见到周洁的时候,我感觉自己的后背挺得比以前直了。

可是事情并不如我所愿,尽管我不再举手,但英语老师还是总请我回答问题,我的加分仍然很高。

　　我开始讨厌英语老师,讨厌发言,甚至在心里责怪爸爸。

　　同时,我有意无意地讨好周洁,希望她可以像以前一样和我要好。但周洁对我的态度并没有多大的转变。

　　一周后,我又一次被评为"班级之星"。

　　这下,我和周洁的关系更僵了。她的那句"我要是有个做副校长的爸爸"刺得我更疼了。

　　我握着第 6 本软面抄,心里七上八下,不敢抬起头看周洁。

　　我要抛弃潜藏在心底的优越感,做最真实的自己,让老师们对我有一个真实的认识。

　　于是我对小雅说:"我想跟我的爸爸说,请他叫老师们多喊周洁回答问题,不要老叫我。必须这样!"

　　"别傻了,"小雅说,"周洁那么嫉妒你,你还帮她?"

　　"要不是她的嫉妒,我还明白不了自己有几斤几两呢! 还以为自己有多了不起呢!"我说,"所以我要谢谢她。她是在帮我。"

　　小雅搂住我的胳膊:"我陪你去。"

　　在副校长室,我把自己的想法跟爸爸汇报了一下,爸爸望着我,先是笑,然后陷入了沉思。

　　"拜托您了。"我最后说。

　　爸爸站起身,捏捏我的肩膀:"对不起,爸爸使你有了负担。爸爸明白你的意思,爸爸会帮你的。"

　　我感到高兴,拖着小雅飞回教室。

　　周洁正在整理一叠作业,我走过去,一本正经地对她说:"从下周开始,我不再是副校长的女儿,我要和你公平竞争,你要努力哦!"

　　"你的爸爸不做副校长啦?"周洁张大嘴巴。

　　"她在心里撤了他的职。"小雅帮我说。

　　周洁朝我会心一笑。

千里之外

我觉得他们和我不太一样。

如果我站在人堆里，如果那一堆人被送去清朝的皇宫里当宫女，如果最终只有一个人能留在那里，那么那个人一定是我。见过我的人，无不惊异于我美丽的外表，更被我的才华所折服。老师说，我是一块没有瑕疵的白玉，是天然的宝贝。妈妈说，最可贵的是这块天然的宝贝会拉小提琴。每当想起这些话，我就会飘飘然，幸福得眩晕。

"苏羽，能不能透露一下，联欢会的曲目定下来了吗?"下了课，小雀吹着口哨说，"实在定不下来，周帅哥的《千里之外》或者马天宇的那首《该死的温柔》，我们都可以接受。"

我吁了口气，边整理课桌上零乱的外语练习册，边说:"肤浅庸俗的流行歌曲也配得上我的小提琴？或者你用口哨吹出来更合适。"

说完这些，我并没有在意小雀的脸色，但凭她的一句"嗯"，我能猜想出她一定很失望。班上的同学都中了流行歌曲的毒，做梦都想听我用小提琴演奏那些曲子。我可不干，我的小提琴只属于高雅音乐。

其实我早就想好了，下个月的班际联欢晚会，我就演奏自己上次在省里比赛的获奖曲目——《莫扎特 d 大调第四协奏曲》。唯有这样的曲子，才能表现出我十年练就的扎实功底。我尽管知道周围的同学对协奏曲的欣赏能力几乎为零，但还是固执地认为，怎么欣赏是他们的事情，怎么演奏是我的事情，我不能降低姿态哗众取宠，也没有必要以牺牲自己的原则为代价去迎合他们。可能正因为如此，我失去了一些友谊。除了小雀，我几乎没有交往密切的其他朋友。有时活动课上，我望着满操场疯玩的男生、女生，想：他们怎么允许自己如此平庸？我甚至怀疑他们都没有人生目标和追求，怀疑他们忘记了自己是灵长目中最高等的动物。

我觉得他们和我太不一样。

"连个对手都没有。"我有时会发出这样的感叹。仿佛我是全世界最优秀的。

班会课照例总结本周的学习、卫生、纪律等方面的情况。结束后，班主任抬腕看看表，朝我努努嘴，突发奇想地问："苏羽，小提琴带了没？"

我点点头。放学后有小提琴课，我就把琴带在身边了。

"给大家来首曲子吧，"她轻飘飘地说，"欢快点儿的。"

既不过节，又没有值得庆贺的喜事，在班会课上让我拉小提琴，大伙儿都觉得莫名其妙。

没来得及多想什么,我就提着琴上去了。

《欢乐颂》既欢快又明丽,那些美妙的音符仿佛灯盏里跳跃的火苗,把每个人的心都燎得火热。

就在这时,一个陌生的女生闯入我的视线。她站在教室门口,寒酸的模样和我琴弦上流淌的音乐很不相符:轮廓分明的方脸,厚实矮塌的鼻梁,细小眯缝的眼睛,长及腰际的黑发松松散散地扎成粗粗的一股。

我用怪异的表情打量完她,将《欢乐颂》潇洒地结束了。

同学们和我一样感到奇怪,大家的目光在女生身上肆意地扫来扫去。

班主任却咧嘴笑着,伸手搂了搂女生的肩膀:"怎么样?向大家介绍介绍自己吧。"

女生泛红了脸,怯生生地望了望大家,抬起头说:"你们好。我是新来的插班生,名叫杨向南。南是南方的南,本来是男生的男,是我自作主张改过来的。我只是个插班生,说不定很快就要离开大家的。这段时间,请大家多多关照!"说完,她努力把嘴角向上翘起,露出一个羞涩的笑容。

"喔!喔!"伴着稀稀拉拉的掌声,人堆里发出尖叫。

原来是插班生。原来《欢乐颂》是为她而奏。

我心里很不是滋味。

出乎意料的是,杨向南说完这些,径直向我走来,在我面前站定,轻轻地伸出一只左手,笑吟吟地看着我说:"你的琴拉得真好。我能不能……"

"不能。"我猛地把琴往身后藏,不假思索地嘀咕,"我的琴不能随便摸。"

杨向南的手像触电似的收回去了。

顿时,同学们犀利的目光灼得我睁不开眼。

她被安排坐在我的前桌。她尽管不善言语,但对待功课十分认真,同学们因此对她评价很好。但我就是看不惯她,拒她于千里之外。我看不惯她,很重要的原因是她有一条土气的马尾辫。它每天在我的眼前晃来晃去,我没办法对它熟视无睹。

有一天自习课上,我终于忍不住了,拿书去戳杨向南的后背。

杨向南立刻转过身,笑眯眯地问我:"苏羽,有事儿吗?"

我哽在喉咙口的话差一点儿被她善意的微笑堵回去。但我扭过头不看她的脸,鼓起勇气说:"杨向南,你能不能换个发型?"

然后,我瞥见杨向南呆若木鸡。

我以为她没听清楚,解释道:"我的意思是,你应该去把头发剪短一些,再拉拉直。"

杨向南的脸红了,她闷声不语地转过去,倔强的马尾辫扫过我的脸。

我的心里很不是滋味。

在这之前,我从来没有主动搭理过她,这次竟然碰了一鼻子灰,心里能不难受吗?

"没想到哇没想到,"我跟小雀咬耳朵,"杨向南表面看上去老实巴交,其实古怪精明,很难对付哦。"

"不会呀,"小雀说,"向南性格很随和,很好说话的。"

"难道是我难说话?"我扬起下巴,"我一片好心建议她换个发型,她为什么对我不理不睬?"

小雀抿起嘴巴沉默片刻,拍拍我的肩膀:"瞧她装束那么朴素,可能……是经济问题。"

我想想也是,于是脱口而出:"打理个头发要不了多少钱,我赞助得了。"

小雀向我竖起大拇指:"苏羽,你这人,怎么就这么好呢?"

马屁话,我爱听。

一个阳光明媚的午后,杨向南被小雀牵到舞蹈房的时候,我正在往琴弓上擦松香。偌大的舞蹈房里只有我们三个,还有那把金光闪闪的琴。

"苏羽,你找我?"杨向南轻轻地问,目光却停留在我的小提琴上,"你的琴真漂亮……"

"能不漂亮吗?万把块钱呢。"小雀插话。

我扔了松香盒,顺手把琴拿起来架在脖子上,操起弓子。顷刻,舞蹈房里回旋起独奏曲《夏夜》优美的旋律。

"啪啪啪……"杨向南激动地鼓掌,"谢谢你为我演奏。"

我尴尬地笑笑,小雀也忍不住笑。

杨向南并不知道,擦完松香后简单地拉上一小段,试一试音色,只不过是我的习惯。

我把琴拎在手里,朝身旁的琴盒努努嘴,对杨向南说:"拿去,把头发剪了。"

琴盒上躺着一张二十元面值的人民币,崭新的。

杨向南的腿迈不过去。

"向南,去拿呀。"小雀推她,"苏羽对你真好!"

但杨向南还是站着不动。

我抬起头,目光猛地触及杨向南如谜一般令人捉摸不透的眼睛,慌忙挤出一个微笑:"噢,你不必感到不好意思。我们是同学,这点儿小钱不足挂齿……"

"不，"杨向南一本正经地说，"谢谢你的好意。可我不想剪头发，我觉得这样挺好。"

她说完，转身走开了。

我和小雀傻乎乎地对视、摇头，并且叹气。

"分析一下，"我说，"杨向南为什么不愿意剪头发？是不好意思拿我的钱，还是真觉得自己的马尾辫好看？"

小雀鼓着腮帮子想了又想，说："应该是前者。"

"不行。"我想到每天要面对杨向南的马尾辫就心烦意乱，"我们必须帮助她换个发型。"

"苏羽，你做事真有决心。"小雀讨好地说。

我于是更坚决："咱们要尽快想办法。"

"最简单的办法是——"小雀夸张地撮圆嘴巴，"你拿把剪刀——趁她不注意——咔嚓——大功告成。"

"我有那么低的素质吗？"我翻翻眼皮，"想个别的办法。"

小雀的脑子不够用了。

一个星期后，物理考试成绩出来了，出乎意料的是，杨向南居然考了第一名，把我这个常胜将军给打败了。

所有的关注和赞美全部转移到杨向南的身上，我成了过去式，而她却是个新出土的文物。

我遇到对手了。

更令人受不了的是，面对别人的赞扬，杨向南总是轻轻地说一句："这不算什么，不算什么。"

她说"不算什么"的时候，那条宝贝儿马尾辫在背上神气活现地扫来扫去，很刺眼。

这怎么能不算什么？第一名不算什么；还有什么能算什么？过分谦虚就是骄傲！

我的心里极不是滋味。

"那个'杨向南',我一定要把它消灭掉!"放学路上,我抓住小雀的胳膊说。

"什么?"小雀惊呼,"你想杀人?"

"我说的是她的长辫子,那条黑色的障碍物!"我怒火中烧。

"可是,我还没想到好办法。"小雀喃喃地说。

我把脚一跺:"办法总会有的。"

第二天早上,我出门的时候,心情好像好了一些,因为我终于想到了一个办法。

上午,我把想法跟小雀说了一下,她表示支持。

午饭一过,我们把杨向南堵在了教室外面的走廊里。

"向南,"我第一次这么亲热地称呼她,"为了庆祝你当上物理状元,我和小雀为你准备了一份惊喜,请你千万要收下。"

"是啊是啊,"小雀连连点头,"真的是一份惊喜呢! 你跟我们一起去取。"

杨向南幸福地眨着眼睛,感动得不知所措。

我们一左一右拉着她,冲下教学楼,奔出校门。

剧烈奔跑后的杨向南面色苍白,上气不接下气。

"向南,你的体质真差。"小雀说,"我看你体育课上从不做运动,总是一个人傻站在一边。这下好了,身体这么虚弱。"

"好了,目的地到了。"我拽住杨向南,一把将她拉进剪发铺,摁在椅子上,"师傅,剪发!"

杨向南喘着粗气,一边挣扎着想站起来,一边还吃力地说:"我……我不剪……"

我和小雀一边一个把她按住。

"剪个时髦点儿的发型,保管你更漂亮。"小雀嘻嘻哈哈地说,"三分靠长相,七分靠打扮。"

杨向南继续挣扎。

我等不到理发师过来,抓起手边的剪刀就要下手。

突然,杨向南猛地从椅子上站起来,伸出右手拉住自己的头发使劲扯——马尾辫完好无损地被她抓在手上。

我惊呆了。在场所有的人都惊呆了。

我分明看见杨向南光秃秃的头顶,还有那满是泪水的双眼和蜡烛一样惨白的面庞。

我觉得自己好卑鄙。我视为对手、横看竖看不顺眼、拒之于千里之外的那个人,原来是生命即将走到尽头的绝症患者。而她,正和我一样年轻。

我第一次讨厌自己。

然而,在我为自己的行为内疚不已,想方设法寻找机会弥补的时候,杨向南却默默地消失了,她必须回医院接受进一步的治疗。

我感到非常难过。

班际联欢的日子很快到了。那个夜晚看上去似乎很美妙,仿佛刚刚下过一场香水细雨,整个空气中弥漫着香甜的味道,和那种纯正的香草冰激凌一样好闻。礼堂被布置得五彩缤纷,尽管有点儿俗,但很有欢乐的气氛。我的节目被安排在最后,作为压轴。在这之前,大家唱歌、跳舞、玩小孩儿的游戏,乐此不疲。终于轮到我了,我非常慎重、投入地把《莫扎特d大调第四协奏曲》的第一乐章呈现给大家。在柔和的灯光下,在激昂的乐声里,我能感觉到自己的心脏强有力地跳动,还看见被音符包围着的杨向南健康的身影和微笑的面庞。当最后一个音符漂亮地滑出琴弦之后,周围响起了热烈的掌声。我向大家深鞠一躬,提着琴走下去。

就在大家以为联欢会就此结束的时候,主持人出乎意料地宣布,还有最后一个节目。

他的话音刚落,一个熟悉的身影突然地出现在大家的面前:轮廓分明的方脸,厚实矮塌的鼻梁,细小眯缝的眼睛,而那条长及腰际的马尾辫已荡然无存,取而代之的是一顶淡灰色的滑雪帽。

"苏羽,我能不能用一下你的小提琴?"杨向南笑眯眯地望着我,费力地说。

我十分激动地把琴递给她。我不知道她要琴做什么。

琴声幽幽地响起来了,是周杰伦的《千里之外》,一点儿都不肤浅,一点儿都不庸俗,那么舒缓,那么悠扬,那么深情,那么竭尽全力,那么催人泪下,那么摄人心魄。

我站在"千里之外",端详着腮托上那张普通的脸,觉得她美丽非凡。

"害人精"庄子诺

我想一个人待会儿。

庄子诺跑了,什么话都没有留下,害得403众姐妹哭得稀里哗啦。这个校花级害人精,你要是遇见她,一定要拽住她的手臂,问问她为什么那么不负责任一走了之,是不是还记得灰灰、星星和小善良俚俚。顺便告诉她,我们会等她回来。因为窗玻璃好久没有擦了,我们为此挨了黄老婆婆的狠批。那可是庄子诺的包干区!

(一)

迷迷糊糊中,庄子诺爬到我的床上对我说,她想给我讲个故事。

黄老婆婆手电筒的光从窗外射进来,像照妖的光,在庄子诺的脑袋顶上停留了一下,盘旋片刻,扫过,贴着帐沿划出去。

"你想害死我?"我用膝盖拱了拱庄子诺的身体,"滚回去。"

庄子诺赖着不走,还使劲儿朝我这边挤,可怜的小床发出"吱吱"的抗议。

"这个故事不讲出来,我睡不着。"她咬着我的耳根说,"拜托你可怜可怜我,听听嘛!"

"明天再说啦。"我转过去面壁而睡,把脑袋埋进被窝里。

后来没了动静。

第二天早上,我缠着庄子诺给我讲故事,她却端起了架子,对我爱理不理。

她越是不讲,我越是对那个故事好奇。你想啊,有人在深夜辗转难眠,死皮赖脸地要把一个故事讲出来,那个故事绝对不会是一般的故事。

它可能是一个秘密,它有非同寻常的震撼力。要不,像庄子诺这么有才有貌的玫瑰级校花,怎么会因它而失眠?哈哈,说她是玫瑰级校花一点儿也不夸张,刘亦菲的腰肢,大S的皮肤,像杨幂一样俏皮,像郑爽一样可爱,就连忧伤的时候也有如黛玉般优雅。

但是这会儿,她跟昨天晚上判若两人,对那个故事只字不提。

我浑身上下被好奇心撩拨得发飘发软,怎么也没心思上课。

"庄子诺,求求你把那个故事讲给我听吧。"在物理试验室,我隔着过道用凸透镜看她,苦苦哀求,"讲吧讲吧,你要是不讲,今天晚上我就睡不着了。"

谁知庄子诺抬起高傲的下巴，冷若冰霜地回了我一句："活该。"

我不死心，在数学课上给庄子诺扔纸团。结果用力过猛，纸团没有按计划着陆，落到了沈俊杰的课桌上。数学老师眼尖，以百米冲刺的速度从讲台前跑过来把纸团掳走了。

我惨了。没听到故事不说，还被抓去办公室审讯。谁让我在纸团上写的是：今天晚自习结束，我们留到最后一起走。

后来要不是庄子诺挺身救我，还原事实，我就是跳进黄河也洗不清。

最气人的是，我心心念念想要知道的那个故事，竟然幼稚得令人崩溃。

什么故事？我也卖卖关子，等下再告诉你。

（二）

"小善良倔倔，我有礼物送给你。"

庄子诺托着腮帮子坐在我的对面，静静地注视着我，装得含情脉脉，让人骨头发酥。

"什么礼物？"我搁下写了一半的英语作文，兴奋地在脑海里想象着礼物的模样。它一定有个亮闪闪的包装，丝带是粉红或者粉紫色的，里面有个精巧的盒子，打开一看，是一枚精致的胸针，或者是一条柔软的纱巾，或者是一支鲜亮的润唇膏，或者是一双俏皮的手套，或者是一串可爱的手机链，或者是一枚别致的发卡，或者是一个卡通的钥匙扣……这些都是我想要的。

"你猜。"庄子诺莞尔一笑，露出浅浅的酒窝，"提醒你一下，这个礼物呢，说特别也没什么特别的，说不特别其实又很特别,总之是平凡又不平凡、普通又不普通的,随处可见,却又异常珍贵,人人需要,却又常被人忽视……"

"吃的?"

庄子诺摇头。

"用的?"

庄子诺眨巴一下眼睛。

"用的,而且是随处可见的,人人需要的……"我调动所有的脑细胞搜索答案,"嗯……知道了,你说的是水。"

庄子诺耸一下肩膀,伸出一根细长的手指点一下我的脑门:"水是生命之源。但我要送给你的不是水。"

她从身后取出一个手指那么长的玻璃瓶,瓶颈上扎着小小的粉蓝色的蝴蝶结,使得整个瓶子看上去像一个小绅士。她把瓶子托在手心上,送到我的眼皮底下。

透明的玻璃瓶空空如也。

"一个破瓶子。"我失望极了,"还不如给我一瓶矿泉水。"

"傻瓜,我要送给你的是空气。"庄子诺晃晃脑袋,把玻璃瓶放到我的手上,"是不是很诗意、很浪漫呢? 今天是我们俩认识 1 年又 100 天,值得纪念,所以我给你搜集了满满一瓶子空气,希望你生命中每一天都有新鲜的空气,每一天都有足够的能量,每一天都有数不完的快乐……"

玫瑰级校花的口才就是能忽悠人。

我被感动了,越看这个瓶子越开心,比拿到一罐金币还要激动。

"倔倔,"庄子诺抓住我的手,和我一起握紧这个漂亮的瓶子,"请你一定要珍藏这个礼物,好吗?"

"嗯!"我认真地点头。

庄子诺回自己的座位写作业去了，我握着瓶子久久沉浸在幸福里。

一只大手从天而降，像老鹰的爪子一样将瓶子抓走。

我顺着那只"爪子"望去，看见男生曹一晓笑歪的嘴巴："嘿，空瓶子借来用一下，我抓了一条半死不活的蚯蚓做研究，这个瓶子装它正合适。"

"喂……你……这瓶子不是空的……它满……"

我语无伦次，还没把话说清楚，曹一晓已经把讨厌的蚯蚓放进了瓶子里。

什么诗意，什么浪漫，全都见鬼去了。

我坐在那儿，拼命地忍，拼命地忍，但是没有忍住。

我跳起来，像个泼妇一样对曹一晓又吼又叫……

好端端的一个中午，就因为一个瓶子，我流了泪、吵了架，好心情没了，在同学们心中的"小善良"印象也大打折扣了。

而庄子诺呢，坐在一边默默地看着这一切，就像欣赏一出话剧。

都怪庄子诺，送个瓶子给我干吗？

（三）

学校要举行圣诞音乐会，我们班分到一个器乐节目。

老师和同学们都推荐庄子诺弹钢琴。谁都知道，校花配钢琴，杀伤力可是一流的。

庄子诺当然开心啦，而且很珍惜这次机会，反复琢磨着选哪一首曲子。

"倔倔，你说我弹哪首呢？"

这算是问对人了。我虽然没有校花的长相，却也凭借自己七年的琴龄拿到了上海音乐学院钢琴考级的高级证书,能较为生动地演绎诸如《献给爱丽丝》《秋日私语》等世界名曲。

这次演出虽然没有选上我,但庄子诺出场,我同样高兴。

"你就弹首流行歌曲吧,张杰的或者蔡依林的。"我提议。

庄子诺的嘴巴张得老大:"太不严肃了吧?这是在学校,老师们都在场的,不是家庭 Party!"

"想那么多干什么?只要同学们喜欢就行了嘛。瞧瞧,咱们学校三分之一的人学过钢琴,那些老掉牙的曲子大家早就听腻了。听我的,你就弹流行歌曲,绝对震撼!"

庄子诺抬起下巴想了想,使劲儿一拧眉头,下决心似的说:"行!我弹《看月亮爬上来》。"

离音乐会的日子越来越近,为了拿出最好的状态,庄子诺每天中午跑到音乐教室练琴,还要我作陪,请我帮她挑毛病。其实这么简单的曲子,根本不需要多练习。校花大概也有点紧张吧!

但是她没能顺利登台。

圣诞节音乐会前夕,她住进了医院。接她的司机比谢霆锋还要帅,车是乌黑的奔驰,像一条滑溜的黑豚,消失在夜幕里。她走之前拉着我的手,要我帮她完成音乐会的演出。

我没有退路,就这么硬着头皮上了。

灰灰和星星都说我弹得近乎完美,但是我知道,我离庄子诺的水准还差得很远。

她的名字,她的长相,她的装扮,她的一颦一笑,她的举手投足,令她看起来就有一种优雅脱俗、高贵灵动、摄人心魄的气质。她哪怕坐在钢琴前一个音都不弹,大家也会产生一种听闻天籁之音的幻觉,会激动,会称赞,会闭上眼睛,会忘记呼吸：

我怎么能替代得了她呢？

在一片听起来很失望的掌声里，我像做错了事的小孩，低下头，猥琐地下台。

接连几天，校园里都有这样、那样的议论，说多么渴望听到庄子诺的琴声，说小善良倔倔的琴声跟庄子诺的没法比……

瞧，她又害了我。

（四）

庄子诺在家里待了一个星期，回到了我们中间。

看得出来，她有点虚弱，不光是身体，也包括心灵。但是她依旧那么漂亮，那么用功，那么多愁善感，那么亲切可人。

"你看起来有点不开心，是不是有什么心事啊？"晚自习结束，灰灰和星星去买年糕，我和庄子诺并肩走在回寝室的路上，路灯把我们的身体拉得很长。

庄子诺不接我的话。

我挽住她的手臂："告诉我嘛。"

"我想一个人待会儿。"

她竟然这么跟我说。然后，她在宣传栏背面的一个木椅子上坐下来，跺跺脚，把脖子埋进高高的领子里，耸起肩膀，抬头看天。

我当然不放心："找死啊你，再过五分钟，宿舍楼的大铁门就关了，你想被关在门外呀？"

"就让我坐一会儿吧，五分钟之内肯定回寝室。"她的声音听起来楚楚可怜。

玫瑰级校花心事重重。也罢,让她一个人待一会儿吧。

"冻死你。"我提醒她,"记得马上回去哦!"

她朝我挥挥手。

我一步三回头地朝宿舍楼走去。

还没跨进寝室门,就听见星星在"哇哇"乱叫。我跑进去才发现,原来有好事情。

晚自习结束的时候,黄老婆婆传给星星一封信。

这会儿,星星把信封拆开,发现里面居然是一张录用通知书。她写的诗歌被一家省级文学杂志录用了,两个月后见刊,到时候会有样刊和稿费奉上。

这简直是个天大的好消息。

星星尖叫,灰灰尖叫,我也尖叫。我们抱成一团,谈论着那首了不起的诗,吃着热气腾腾的年糕,忘记了一切。

等我们反应过来,意识到寝室里还缺个人,已经来不及了。

我们奔出去,站在阳台上往下看,宿舍楼的大铁门已经锁上了。

灰灰和星星一个劲儿地埋怨我,说我不该让庄子诺一个人待在外面。

我好担心庄子诺出事儿,于是决定出去找她。

我们三个商量了一下,为了不被严肃认真的黄老婆婆发现庄子诺没有在规定时间内回寝室,必须要等熄灯以后悄悄行动。

……

周围安静极了。

我、灰灰和星星走出了寝室,蹑手蹑脚地从四楼走下来,摸黑来到宿舍楼的大铁门下。

在半个月亮的照耀下,大铁门显得特别高大、特别阴森,甚至有些恐怖。

"庄子诺!"

"庄子诺!"

"庄子诺你还在吗?"

我们很小声地朝铁门外喊。

门外和门里一样,没有一点儿动静。

这么轻的声音,庄子诺当然听不见。但是喊声如果大了,我们三个就暴露了。

庄子诺究竟还在不在宣传栏后面的椅子上坐着?她为什么不按时回寝室?发生了什么事情呢?我越想越着急。

"看来我们只能爬铁门了。"我勇敢地提议。

"爬就爬。"星星赞同道,"爬出去找到庄子诺,然后一起爬进来。"

"我害怕。"灰灰的声音颤抖着,"摔下来非死即残啊!我才 14 岁。"

我拍拍她后背:"那你留下吧。"

灰灰犹豫起来:"你们都爬,就我一个人不爬,显得我不够朋友。要不我还是……爬吧。"

来不及多嘀咕,趁黄老婆婆还在楼上巡视,我们抓住冰冷的铁门往上爬……这种门爬起来不是很费力,每隔一段距离就有一个可以踩脚的铁杠子。但因为心里紧张,再加上为庄子诺担心,又是第一次爬门,我们都发挥得不够好,身子和铁门撞来撞去,弄出了声响。

一束电筒光射过来,我们的丑态暴露无遗。

黄老婆婆火速从楼上赶下来……关键时刻,我灵机一动,主动招了——

灰灰肚子疼,疼死了,我们想送她去医院,又不忍惊动您黄老婆婆,迫不得已才爬门……

灰灰心领神会,立马从大铁门上跌跌撞撞地爬下来,蹲在地上捂着肚子直喊疼。

善良的黄老婆婆很快把学校大门口的保安叫来了,保安用电动三轮车把灰灰和星星送去了医院。

我找到了在宣传栏背后的椅子上发呆的庄子诺,趁乱把她带回寝室。她已经冻成了一个冰坨。看得出来,她哭过,狠狠地哭过,因为那原本白如凝脂的脸分明蒙上了一层薄如蝉翼的冰,透明,清冷,让人看一眼都觉得不忍。

"发生了什么事情?"我一遍遍地追问。

她的回答令人费解:"我会害怕……但也不会害怕……"

我在被窝里暖了庄子诺足足有大半夜,灰灰和星星才回来。

灰灰流着眼泪说,一个实习护士给她打吊针,疼死了……星星却笑得前仰后合,说灰灰是世界上最敬业的演员,为了演好这场戏,居然同意打吊针。

庄子诺把头埋在被子里,一句话都没有说。

雪花落满枝头的时候,黑色的奔驰又一次出现在宿舍门口,把庄子诺连人带铺盖拉走了。当时我们在音乐教室唱红歌,那条黑豚划过学校中心大道的时候,我们全都站起身,往窗口探出大半个身子。庄子诺一定隔着车窗朝我们用力挥了挥手,要不然,窗外枇杷树的枝头为什么会突然颤抖,晃下一地碎银子?

庄子诺，你给我回来！

庄子诺，你这个害人精！

从此以后，再也没有人给我送空瓶子了，再也没有人给我讲那么幼稚的故事了：

很久很久以前，有一个漂亮的小巫婆，她什么都有，有霓裳羽衣，有风陪她玩儿，有云陪她笑……可是，她没有月亮。她多么希望有个月亮，初一的时候靠在它弯弯的臂弯里，十五的时候躺在它圆圆的胸膛上。会有那么一天，小巫婆离开风儿，离开云儿，去往遥远的天空，找寻属于她的月亮。

好马赖上
回头草

你就等着说贺我吧。

燕子去了，有再来的时候；桃花谢了，有再开的时候；好马跑了，有回来的时候。但是卷卷，如果我愿意回头，你还认为我是好马吗？

——题记

卷卷隔着过道抛过来一卷宽边透明胶带，眨巴一下右眼，调皮地提醒我："别唱啦，别唱啦！大家对你有意见啦！要是实在熬不住，你就用透明胶带把嘴巴封上。"

"用这个？多浪费！"我把透明胶带塞进桌肚，拎拎脖子边高领毛衣的领子，把嘴巴埋进去。好吧，安心写作业，直到自习课结束。

可是，刚刚的一幕，实在是太令人兴奋了嘛！

嘿嘿,谁让这么好的机会落在我的身上呢?谁叫我是文体委员呢?班主任说了,为了庆祝元旦,学校要举行课本剧表演赛,各班必须拿出最给力的节目参加比赛。

"胡木,这件事情交给你了,你是编剧,是导演,也是领衔主演,三个星期内必须拿出节目来,不要令我失望。还有,你们哪个被胡木挑到的话,都积极点儿,尽量配合好他。我不看过程,只论结果。哦,对了,不能影响学习。"

班主任最后是这么说的。

那一刻,我感觉周围火光四起、浓烟滚滚、杀机重重。哇,各位当心啊,嫉妒的火焰总是从燃烧自己开始的哟。

班主任一转身,我就憋不住了。

"把你捧在手上虔诚地焚香,剪下一段烛光将经纶点亮……我用尽一生一世将你供养,只期盼你停住流转的目光,请赐予我无限爱与被爱的力量,让我能安心在菩提下静静地观想……"

这不,还没唱完,我就被卷卷的透明胶带打断了。

她提醒的对,我是该低调点儿,低调做人,高调做事。眼下最要紧的有两件事:一是选定课文,准备剧本;二是寻找演出搭档。

剧本?剧本?既然我是铁定的主角,那要看我最想演谁啦……对了,我最想演谁呢?演谁最帅、最有分量呢?我把语文书翻得"哗哗"响,翻到第92页,我的心情莫名地激动起来。

《背影》?好极了,我就演文中那个爬上月台买橘子的父亲吧。朱自清是我文学方面的偶像,能够演他的父亲,实在是太有面子了。而且火车站送别的这个片段演起来容易,台词不多,道具很简单。好极了。剧目已经确定,接下来就得物色

搭档。谁演朱自清呢？这个睿智、善良、敏感、内心世界复杂
得不得了的年轻人，可不是一般的同学可以演好的。我悄悄
站起身，踱到教室的最后面，把全班男生的背影一一看了个
遍，居然挑不到合适的。

我回到座位，前座的鲁鲁转过脸朝我笑："胡木，课本剧的
事情有想法了吗？咱哥俩平时处得像亲兄弟，我给你打打下
手，做个配角，行吗？"

我嘴巴一歪，仔细打量他。脸短、手短、脚也短，跟剧本里
的角色相差十万八千里，横竖不合适。但这家伙平时跟我关
系确实不错，我不忍伤害他，于是酝酿了一下情绪，拍拍他沙
发垫子似的肩膀，委婉地说："兄弟，这回要演的是《背影》，我
在物色朱自清这个角色。下回如果有机会演《水浒传》，我一
定把武大郎的角色留给你。"

鲁鲁很不开心，像女生似的跟我撒娇："哎呀，我不适合演
朱自清，可以演朱爸爸嘛，人家跟他的身材有几分相似的呀。"

"不不不，"我一本正经告诉他，"朱爸爸这个角色，已经内
定了。"

"不会是你演吧？"鲁鲁夸张地笑，"没见课文里写吗？朱
爸爸的背影是肥胖的，你的体积不够庞大。"

我不跟他理论，从桌肚里摸出两块巧克力，放到他的手
心里。

他耸耸肩膀，听话地说："其实演不演无所谓，有什么需要
帮忙的尽管说。"

刚把鲁鲁打发走，张非来了，关宇来了，赵匀也来了，他们
轮番讨好我，企图索要角色，以达到上舞台、出风头、耍威风的
目的。可是他们长得都比我帅，我当然不能给他们机会。真

要是上了台,那到时候谁还看我?

打发完他们,自习课结束了。我吁了口气,到教室外面的走廊里继续寻思搭档的事情。

思考未果,忽见卷卷从教室门口冲出来——小个子,小脑袋,超可爱的男生西瓜头,走路风风火火,完全假小子一个。不过别看她长得像个男生,其实内心比谁都柔软,念一首诗会哽咽,读一本书要流泪,看一部电视剧要用掉13卷纸巾。这么多愁善感,她初步具备青年朱自清的基本素质。

"站住,"我拦住她,像个星探似的给她惊喜,"毛卷卷同学,我请你担任课本剧的女主角。"

卷卷果然又惊又喜:"喂喂喂,我是卷卷,你在跟我说话吗?我是卷卷耶。"

"我知道你是卷卷。"我抬起下巴,"怎么样?要你做女主角,被吓坏了吧?"

卷卷拍拍心口,拼命呼气、吸气:"太突然了,太意外了,太刺激了。你知道的,我没有长头发,也不喜欢穿裙子,更没有漂亮的流苏靴,你确定你选的是我吗?"

"别这么不自信,"我说,"我是要你演朱自清,又不是请你演白雪公主。"

"什么?我演男生?"卷卷的眉头拧起来,"你的意思是你想排练《背影》?"

"对呀。朱爸爸那个经典的'背影'打动了那么多人,我把他演出来,绝对能引起共鸣。"我很强势地说,"我有把握。"

卷卷的眼珠子盯着我的下巴,迸出一句吓人的话:"胡木,谢谢你啦,你还是请别人吧。"说完,她朝厕所的方向猛赶。

我站在那儿很没面子、很受伤。别的同学求之不得的美差，她居然当场就拒绝。

待卷卷回到教室，我赶紧冲过去问她原因，她翻翻自己的语文书，指着第66页的那些文字对我说："参加课本剧比赛呢，首先得找到合适的课文。你看，这篇《晏子使楚》最合适，故事性强，人物形象突出，台词也可以设计得很丰富。"

"文言文？"我不屑道，"文言文怎么行？"

卷卷瞪大眼睛："文言文可以改编呀，比你的《背影》生动活泼多了。起码不会冷场。"

"可《晏子使楚》讲的是春秋时期的事情，背景、道具、服装什么的，准备起来太复杂。"

"越是复杂，越容易得高分嘛。"

"我觉得《背影》好。"我坚持道。

"我认为《晏子使楚》的故事好。"卷卷不让步。

说不下去了，我拍拍屁股走人。切，没了她我就不信找不到人了！

我马上写公告，在全班海选女主角，要求只有一条：女生。

一下午的时间，就有13个女生报名。

放学后，我在教室安排了一场面试。

鲁鲁握着一叠报名表请示我："胡木，她们的身高体重、脸型发型、脾气性格、爱好特长、酷爱的颜色、语数外成绩、家庭成员、崇拜的偶像什么的，这上面都有，你要不要看看？"

"不用这么麻烦。"我说，"又不是选皇后。"

"哦。"鲁鲁把报名表扔在一边，"女生们都在问面试是不是要进行才艺表演。"

"不用，"我拉把凳子在黑板前坐下，"让她们都进来，每人背诵一段朱自清的《匆匆》。"

鲁鲁的脑子不够用了："你不是说参赛剧目是《背影》吗？怎么改成《匆匆》了？"

我启发他："要是能把朱自清的《匆匆》朗诵得动人心弦，那就一定能演好《背影》。"

"哦——明白。"鲁鲁恍然大悟。

13个女生按照次序每人背诵了一小段《匆匆》。哎，真令人失望，她们表演时不是太紧张像唐僧喊救命，就是太随意像唐僧念经，要不就断断续续像唐僧唱歌，只有林依然表现得稍微正常一些。

我对林依然说："就你了。"她欣喜若狂。

角色选定了，我们接下来就紧锣密鼓地写剧本、对台词、准备道具、音乐、服装等等。虽然只有五分钟的表演，要做的事情却很多。我忙得团团转，鲁鲁和林依然也跟着我忙得团团转。我们准备得差不多了，就开始排练。因为不能占用学习时间，所以我们只能把放学后的一小段时间利用起来。没有场地，我们就在教室里排练。每次排练前，我们都要把课桌椅挪到角落里；排练完，又要把课桌椅搬回原处，很麻烦。

一天放学后，卷卷没有走。她看我们忙着搬课桌椅，递过来一把钥匙："去后面三楼团委活动室吧，那儿宽敞。"

我有点小小的惊喜。自从上次她拒绝了我给的角色，我就很少跟她说话了，有意无意地冷落她，没想到她还是这么关心我。

"太好了，谢谢你，卷卷。"没等我表态，林依然就愉快地接过钥匙。

"卷卷你真好，真不愧是校团委新提拔的好干事。"鲁鲁直夸她。

我深吸一口气，从林依然手上拿了钥匙，丢到卷卷的手上："跑来跑去多麻烦，还是教室里方便。"

"胡木？"林依然和鲁鲁傻傻地望着我。

"接着搬。"我抱起一张课桌就往后走。

等我把课桌放好，转过身，卷卷已经不见了。

比赛的日子说来就来。12月30日，在学校宽敞的阶梯教室里，课本剧比赛隆重举行。上场之前，班主任亲自给我和林依然鼓劲儿，班委一伙人也过来为我们加油，卷卷也来了。她在后台走来走去，好像挺忙。她的西瓜头不见了，取而代之的是短短的波波头，她看上去更像男生了。

"胡木，等会儿好好演，你一定行的。"她望着我，开心地为我打气。

我抬起下巴自负地说："那当然。你就等着祝贺我吧。"

卷卷俏皮地笑笑，跑开了。

我和林依然的《背影》的演出次序是12号，处在中间位置，可以说是比赛的黄金出场顺序，这给了我不小的底气。可上场之前，林依然突然抓住我的胳膊："胡木，我要上厕所。"她看上去很紧张。

我激动而又自信的状态立马被她扰乱："你不是刚刚去过了吗？马上就轮到我们了，等等吧，上台几分钟就下来。"

"我还是去吧。"

她说完，提着长衫狂奔……

阿弥陀佛，幸好她的动作还算麻利。我们按照排练的情景，认认真真地表演了一番，结果台下的老师和同学比我想象得肤浅多了，非但没有被我的背影和我们的父子深情感动得流泪，反而时不时地发出"呵呵哈哈"的笑声来。

气死我了。

更令我始料未及的是，我刚卸了妆坐到观众席里，一个名叫《晏子使楚》的节目赢得了铺天盖地的掌声。演楚王的是校团委书记——年轻的帅哥倪老师，晏子的扮演者居然是……居然是……居然是毛卷卷！

最后的结果是，卷卷的《晏子使楚》获得了特别奖，而我和林依然的《背影》只得了三等奖。

这个意外使我极度受伤。

我跑去找卷卷："你怎么也参加课本剧比赛？一个班只能有一个节目。你这不是故意跟我 PK 吗？"

她装得很无辜："我们的节目是校团委临时要求编排的，只是参加表演而已，并不是参赛节目，绝对没有和你 PK 的意思。再说，我一开始就说《晏子使楚》比《背影》的演出效果好，你就是不听。"

她还在否定我选剧本的能力！

这个毛卷卷明明就是有意跟我作对。不就是看不惯我最后选了林依然没选她，而且拒绝采用她推荐的《晏子使楚》吗？既然她对我不客气，那我胡木也不是吃素的。

体育课上，男生、女生分别练习跳长绳，女生那边都不太愿意甩绳子。有人提出来让大家轮流甩，我跑过去对她们说："你们可以轮，毛卷卷不用轮，她就负责甩，不用跳。"

卷卷就一直甩、一直甩，甩得她哈胸驼背、额头上直冒汗。

班会课上，班主任要大家推荐一位同学负责照顾教室里的十几盆盆景。我头一个站起来推荐卷卷，鲁鲁跟着附和。卷卷马上被安上了"盆景管理员"的头衔。我可不让她闲着，今天把孔雀松搬走，明天把君子兰藏起来，后天又说绿萝不见了。卷卷急得掉眼泪，自己掏钱买新的盆景。

我以为她会跟我生气，没想到她简直就是打不死的小强，不嚷嚷，也绝不向我讨饶。

这样的逆来顺受使我逐渐感到自己的过分。

然而，事情没我想象得那么简单。鲁鲁把我告了。他说，他忍不下去了，男生怎么可以这样欺负女生？

班主任把我喊到办公室，同时被喊去的，还有卷卷。

"胡木，你接二连三地把教室里的盆景往别的教室搬，想干什么?"班主任严厉地说，"你收人家钱了吗?"

我垂下头不吭声，心想：这下糟了，文体委员保不住不说，

可能还会被要求在班会课上作检讨。

"不是的，"卷卷的声音那么悦耳动听，"盆景的事跟胡木没有关系。我……是我把那几盆盆景偷偷送到别的教室的。"

"为什么？"班主任感到惊讶，"怎么是你？"

"那些盆景从初一开始就伴着我们，都一年多了，同学们也都审美疲劳了。所以呢，我就想着换几盆新的。旧的不去，新的不来。"

她说得那么牵强，班主任又不是傻子，怎么会相信？再说，我是男生，她是女生，凭什么让她替我挨批？

我挺了挺胸膛，鼓起勇气抬起头对班主任说："这跟卷卷没关系，是我做事情欠考虑。我会把那些盆景要回来，再写一份书面检讨给您。"

"胡木！"卷卷轻轻却很有力地叫我。

我正视她："别说了。"

"胡木，"班主任倒也好说话，"既然你承认了错误，那就算了。给别人的盆景就别去要回来了，卷卷不是为班里新添了几盆吊兰吗？你把钱给她就行了。以后做事情可不能由着性子来。"

我点点头。

走出办公室，我忽然觉得那个捉弄卷卷的胡木好可恶。卷卷那么善良，善良到谁要是捉弄她都是犯罪。

"卷卷，"我喊住她，"对不起。"

卷卷停下脚步，侧过脸看我。

"吊兰的钱，明天给你。"我抓抓头发。

卷卷不以为然地笑了笑。

"课本剧的事，我错怪了你。如果下次有机会参加活动，我一定和你一起。"我很认真地承诺。

"哼，"卷卷翘起嘴巴，"好马不吃回头草。"

"那是傻马、倔马。"我碰了一下她的胳膊，"我这匹好马呀，以后就赖上你这回头草咯。"

卷卷咬着嘴唇晃晃肩膀，可爱的波波头左摇右摆，神气极了。